夜玫瑰

蔡智恆—著

目錄
CONTENTS

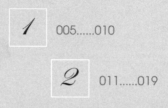

玫瑰花兒朵朵開呀　玫瑰花兒朵朵美

玫瑰花兒像伊人哪　人兒還比花嬌媚

凝眸飄香處　花影相依偎

柔情月色似流水　花夢託付誰

以色列民謠——夜玫瑰 (Erev Shel Shoshanim)

1

我循著紙上的地址，來到這條位於台北東區的巷子。
嘗試了四次錯誤的方向後，終於找到正確的地方。
按了七樓之C的電鈴，沒人接聽，但兩秒內大門就應聲而開。

電梯門口貼上「電梯故障，請您原諒。多走樓梯，有益健康」的字條。
只好從堆放了八個垃圾桶的樓梯口，拾級而上。
爬到七樓，看見三戶人家沿直線排列，中間那戶的門開了五公分左右。
我走了九步到門口，推開門，走進去。

看了一眼，陽台鐵架上的六盆植物。
夕陽從西邊斜射進來，在陽台走道和盆栽的葉子上，塗滿金黃色。
轉過身，然後屈身脫去皮鞋，走進客廳。
『打擾了。』我說。

還沒來得及看清楚客廳的擺設，一條黃色的長毛狗，向我撲過來。
我雙手馬上護著脖子，蹲下來。
「小皮！不可以！」耳邊傳來女子的低喝聲。
然後我感覺那條狗正在舔我的右手掌背。

「你在做什麼？」女子應該是問我。
我緩緩放下雙手，站起身，摸了摸正跟我搖尾巴的狗。
客廳有五張藍色沙發，左、右各一張，中間三張。
沙發成馬蹄形，圍繞著一個長方形茶几。
女子坐在中間三張沙發的中間，右腳跨放在茶几上，看著我。

『自衛。』我回答。

「這樣爲什麼叫自衛？」她又問。
『一般的狗都是欺善怕惡的，會採取主動攻擊的狗很少。』
「是嗎？」
『嗯。所以當狗追著妳吠時，如果妳轉身向牠靠近，牠反而會退縮。』
「如果你轉身靠近，而牠並未退縮時，怎麼辦？」
『問得好。這表示妳碰到眞正凶猛的狗，或是瘋狗。』
「那又該如何？」
『妳就只好像我剛剛一樣，護住脖子，蹲下來。』
「爲什麼？」
『很簡單啊。除了脖子不要咬外，其他地方都可以咬。』

「你這小子有點意思。」
她坐直身子，收回跨在茶几上的右腳，笑了起來。
『小子？』
「我通常叫不認識的男生爲小子。」
『喔。』
「請坐吧。」她指著她左前方的沙發。
『謝謝。』我坐了下來。

「小皮好像很喜歡你。」
『應該吧。』
「可是牠是公狗呀。」
『公狗也可以喜歡男生啊。』
「那母狗怎麼辦？」

『這跟母狗有關嗎？』

「當然囉。如果公狗都喜歡男生，那母狗不是很可憐嗎？」

『母狗不會可憐，因為母狗可以罵人。』

「怎麼說？」

『母狗的英文叫 bitch，外國人常用 bitch 來罵人。』

「小子，你到底是來幹嘛的？」

她微蹙著眉，雙手交叉抱住胸前，眼睛直視著我。

『我是來租房子的啊。』

「那你為什麼一直跟我談狗呢？」

『大姐，是妳一直問我狗的問題。』

「大姐？」

『我通常叫不認識的女生為大姐。』

原本坐在地上聽我們說話的小皮，開始走到我腳邊，聞著我的褲子。

「小皮真的很喜歡你。」

『嗯。』我又摸摸小皮的頭。

「你也喜歡小皮吧？」

『嗯。這隻狗很乖。』

「什麼叫『這隻狗』？牠對你這麼親近，你卻不肯叫牠的名字？」

她提高了音量。

『是是是。』我趕緊補了一句：『小皮真乖。』

「所以我決定了，房間就租給你。」她站起身說。

『可是我……我還沒看到房間啊。』

「哦？房間不都長一樣？都是四方形呀。」

『我還是看一下好了。』
「你真不乾脆，枉費小皮這麼喜歡你。」
『大姐……』
「別叫我大姐。我叫葉梅桂，梅花的梅，桂花的桂。」

『那月租呢？租屋廣告上只寫：月租可商議。』
「這裡共有兩個房間，房東開的租金是一萬五，所以我們各七千五。」
『妳不是房東？』
「不是。我住這裡兩年多了，房東在國外。」
『既然月租已定，那還"商議"什麼？』
「水電費呀。」
『喔。水電費怎麼算？』

「我覺得水電費由我們三個均分。你覺得呢？」
『三個？』
「嗯。你、我、小皮。」
『小皮要付水電費嗎？』
「牠也是這裡的一份子，為什麼不付？」
『可是牠畢竟只是一隻狗。』
「狗又如何？我們都要在同一個屋簷下生活，不能偏袒。」
『說得好！牠當然要付。』我豎起大拇指，敬佩她的大公無私。
而且小皮如果也要付水電費，我就只需付三分之一，何樂而不為呢？

「不過考量到小皮目前還沒有經濟能力……」
『經濟能力？』我張大嘴巴。
「所以小皮的份，由我們兩個人幫牠分攤。」

9

『這不公平！』輪到我站起身，提高了音量。

「身爲萬物之靈的人類，你竟然跟狗計較水電費？」

『這不是計不計較的問題，而是……牠是妳的狗啊。』

「但小皮也喜歡你呀，你不覺得，你該報答牠的喜歡嗎？」

『妳說來說去，水電費還是只由我們倆人均分。』

「小子。」她笑出聲音，指著我：「你終於變聰明了。」

小皮這時突然站起，前腳搭在我褲子的皮帶上，張開嘴，吐出舌頭。

「你看，小皮也同意了。依照資本社會的民主法則，已經二比一了。」

『牠這樣未必叫同意吧，搞不好是同情。』

「同情什麼？」

『同情我啊。』

「好啦，男子漢大丈夫別不乾不脆的。就這麼說定了。」

『大姐……』

「我說過了。」她打斷我的話，「我叫葉梅桂。」

我還沒開口說話，她轉身進了房間。

沒多久，她從房間走出來，拋給我一串鑰匙，我在空中接住。

「你隨時可以搬進來。」她右手一指：「你的房間就在那裡。」

說完後，她又轉身準備進房間，走了一步，突然回過頭：

「當然你也可以叫我，在夜晚綻放的玫瑰花。」

『什麼意思？』

「夜玫瑰。」說完後，她走進房間，關上房門。

濃黃的燈泡亮光，略顯刺眼的白色水銀燈柱，
映著廣場上圍成一圈跳舞的人，臉孔黃一陣白一陣。
音樂從一台老舊的收音機中傳出，雖然響亮，卻不刺耳。
旋律不是愛來愛去的流行歌曲，也不是古典音樂，像是民謠。
曲調非常優美，聽起來有種古老的感覺。
這跟我們這群20歲左右的年輕男女，似乎不相稱。

樂聲暫歇，隨即響起一陣鼓掌聲，眾人相視而笑。
不知是拍手為自己鼓勵？還是慶幸這支舞終於跳完？
「請邀請舞伴！」
一個清瘦，嗓門卻跟身材成反比的學長，喊出這句話。
我突然覺得刺耳。

看了看四周，熱門的女孩早已被團團圍住。
有的女孩笑著搖搖手；有的則右手輕拉裙襬、彎下膝表示答應。
學長們常說，女孩子就像蛋糕一樣，愈甜則圍繞的蒼蠅愈多。
我只是一隻小蒼蠅，擠不贏那群綠頭蒼蠅。
只得效法魯迅所謂的阿Q精神，安慰自己說甜食會傷身。
然後緩緩地碎步向後，離開廣場中心。

邀舞的氣氛非常熱鬧，我卻想找個地方躲起來。

2

我，28歲，目前單身。

從台南的學校畢業後，當完兵，在台南工作一陣子。

後來公司營運不佳，連續兩個月發不出薪水，之後老闆就不見人影。

同事們買了很多雞蛋，我們朝公司大門砸了兩天。

第三天開始灑冥紙，一面灑一面呼叫老闆的良心快回來喔。

當同事們討論是否該抬棺材抗議時，我決定放棄，重新找新工作。

沒想到正值台灣經濟不景氣，一堆公司紛紛歇業，也產生失業荒。

在台南找工作，已經像是緣木求魚了。

徬徨了一星期，只好往台灣的首善之區──台北，去碰碰運氣。

我很幸運，在一個月後，我收到台北一家工程顧問公司的錄取通知。

於是收拾好細軟，離開了生活20幾年的台南，上台北。

上台北後，我先借住在大學時代的同學家中。

他是我的好朋友，我曾幫他寫過情書給女孩子。

他很慷慨熱情，馬上讓出他爺爺的房間給我。

『這怎麼好意思，那你爺爺怎麼辦？』我問。

「我爺爺？你放心住吧，他上個月剛過世。」

我無法拒絕同學的好意，勉強住了幾天。

每天晚上睡覺時，總感覺有人在摸我的頭髮，幫我蓋棉被。

後來想想，長期打擾人家也不是辦法，就開始尋找租屋的機會。

連續找了三天，都沒中意的房間。

我其實不算是龜毛挑剔的人，可是我找的房子連及格都談不上。

環境不是太雜，就是太亂，或是太髒。

而且很多房子跟租屋紅紙上寫的，簡直天差地遠。

例如我曾看到寫著：「空氣清新、視野遼闊、可遠眺海景。」

到現場看房子時，找卻覺得即使拿望遠鏡也看不到海。

『不是說可以看到海景？』我問房東。

「你看……」他將右手不斷延伸：「看到那裡有一抹藍了嗎？」

『是嗎？』順著他的手指，我還是看不到海。

「唉呀，你的修行不夠。」房東拍拍我肩膀，「心中有海，眼中自然就會
　有海。」

『啊？』我還是莫名其妙。

「來住這裡吧。這裡的房客都是禪修會成員，我們可以一起修行。」

『有沒有不必修行就可以看到海的辦法？』

「你還是執迷不悟。」房東嘆了口氣：「我們抬起頭就可以看到月亮，但
　這並不代表我們離月球很近，不是嗎？」

『所以呢？』

「所以我們不能用肉眼看東西，要用『心』來看。」

他盤腿坐下，閉上眼睛，緩緩地說：

「來吧，執著的人啊。請學我的動作，先閉上眼睛。」

接著雙手像蛇，在空中扭動，畫出幾道複雜的曲線，最後雙手合十：

「摒除雜念，輕輕呼吸。看見了嗎？夕陽的餘暉照在海面上，遠處的漁船
　滿載著晚霞，緩緩駛進港口。聽見了嗎？浪花正拍打著海岸，幾個小孩
　在海堤上追逐嬉戲，有個小孩不小心跌倒了在叫媽媽。而沙灘上的螃蟹

也爬出洞口彼此在划拳……」
我不敢再聽下去，趕緊溜走。不知道他有沒有聽到我關門的聲音？

隨著晚上睡覺時被摸頭的次數愈來愈多，我愈心急找新房子。
昨晚睡夢中，好像聽見有人說了一句「小心著涼」。
結果今天早上睡醒時，我發覺身上蓋的是紅色的厚棉被，
而非入睡前的黃色薄被。
於是我下定決心，無論如何，今天一定要找到新房子。

「雅房分租。公寓式房間，7坪，月租可商議。意者請洽……」
這是一張紅紙上的字，貼在電線桿上。
我把上面的電話號碼抄了下來。
雖然這是我今天抄的第八組號碼，但我決定先試這個。

這份租屋廣告寫得太簡短，連租金都沒寫，表示出租的人沒什麼經驗。
通常有經驗的人會寫交通便利、環境清幽、鄰里單純、通風良好之類的。
我還看過寫著：歡迎您成為我們的室友，一起為各自的將來共同打拚。
更何況這張紅紙就貼在環保局「禁止隨意張貼」的告示上面。
這表示出租的人不僅沒經驗，而且急於把房間分租出去。
應該可以「商議」到好價錢。

於是我打了電話，約好看房子的時間，然後來到這裡。
也因此，我認識了葉梅桂，或者說，夜玫瑰。
但當我聽到她說出「夜玫瑰」時，我突然像被電擊般地僵住。
因為夜玫瑰對我而言，是再熟悉不過的名字了。

就像看到自由女神像，會想到紐約一樣；
在我回憶的洪流裡，夜玫瑰就代表我的大學生活。
那是最明顯的地標，也是唯一的地標。

葉梅桂走進房間後，我過了好一陣子，才回過神。
我依她右手所指的方向，來到我即將搬進的房間。
單人床、一張書桌、一個衣櫥。嗯，這樣就夠了。
書桌靠窗，往窗外望去，可以看到陽台上的綠意，還有一些藍天。
走出房間，來到廚房，廚房裡有冰箱、電磁爐、瓦斯爐還有微波爐。
廚房後還有一個小陽台，放了一台洗衣機，葉梅桂也在這裡晾衣服。
客廳裡除了有沙發和茶几外，還有一台電視。
除了室友是女的有些奇怪外，其他都很好。

臨走前，敲了敲葉梅桂房間的門，她似乎正在聽音樂。
『我走了。明天搬進來。』
小皮汪汪叫了兩聲後，她隔著房門說：「出去記得鎖門，小子。」
『葉小姐，我也有名字。我叫……』
話沒說完，她又打岔：「叫我葉梅桂，別叫葉小姐。別再忘了，小子。」
算了，小子就小子吧。

正準備穿上鞋子離去，葉梅桂突然打開房門，小皮又衝出來。
這次我只是蹲下來，雙手不必再護住脖子。
「小皮想跟你說再見。」
『嗯。』我摸摸小皮的頭：『小皮乖，叔叔明天就搬進來了。』
「喂，小子。你佔我便宜嗎？」
『沒有啊。』

「我只是小皮的姐姐，你竟然說你是牠叔叔？」
雖然有些無力，但我還是改口：『小皮乖，哥哥明天就搬進來了。』

我站起身，小皮也順勢站起，又將前腳搭在我褲子的皮帶上。
「可不可以告訴我，為什麼小皮這麼喜歡你？」
她先看了看小皮，再看了看我。
可能是她視線移動的速度太快，還來不及變化，因此看我的眼神中，
還殘存著看小皮時的溫柔。
甚至帶點玫瑰剛盛開時的嬌媚。

從進來這間屋子後，葉梅桂的眼神雖談不上兇，卻有些冷。
即使微笑時，也是如此。
她的眼睛很乾，不像有些女孩的眼睛水水的，可從眼神中蕩漾出熱情。
她的眼神像是一口乾枯的深井，往井中望去，只知道很深很深，
卻不知道井底藏了些什麼。
有個朋友曾告訴我，一個人身上有沒有故事，從眼神中就可以看出來。
每個人都可以假裝歡笑憤怒或悲傷，卻無法控制眼神的溫度，或深度。

似乎只有在看著小皮時，葉梅桂才像是綻放的夜玫瑰。
我還沒看過葉梅桂像玫瑰般的眼神，所以她問完話後，我發楞了幾秒。
不過才幾秒鐘的時間，卻足以讓她的眼神降低為原來的溫度。
「小子，發什麼呆？回答呀。」
『喔，我也不知道為什麼。可能是我養過狗的關係吧。』
「是嗎？那你現在呢？」
『現在沒了。我養過的兩隻狗，都死於車禍。』
我說完後，又蹲下身摸摸小皮的頭。

「你會傷心嗎？」我們沉默了一會，她又開口問。

『別問這種妳已經知道答案的問題。』

我有點生氣，同樣是養狗的人，應該會知道狗對我們而言，像是親人。

親人離去，怎會不傷心？

「對不起。」她說。

她一道歉，我反而覺得不好意思，也不知該如何接腔，氣氛有些尷尬。

沒想到她也蹲了下來，左手輕撫著小皮身上的毛，很輕很柔。

眼神也是。

「你知道嗎？我以前並不喜歡狗。」

『那妳爲什麼會養小皮？』

「牠原本是隻流浪狗，在巷口的便利商店附近徘徊。」

她舉起小皮的前腳，讓小皮舔了舔她的右臉頰，然後再抱住牠。

「我去買東西時，牠總是跟著我。後來我就把牠帶回來了。」

她顯然很高興，一直逗弄著小皮。

我猜測葉梅桂決定要帶回小皮時，心裡應該會有一番轉折。

由於是初次見面，我不想問太多。

也許她跟我一樣，只是因爲寂寞。

寂寞跟孤單是不一樣的，孤單只表示身邊沒有別人；

而寂寞卻是一種心理狀態。

換句話說，被親近的人所包圍時，我們並不孤單。

但未必不寂寞。

『聽過一句話嗎？』我穿好鞋子，站起身說。

「什麼話？」葉梅桂也站起身。

『愛情像條狗，追不到也趕不走。』

「很無聊的一句話。」

『我以為這句話很有趣。』

「有趣？小子，你的幽默感有待加強。」

『妳還是堅持叫我小子嗎？』

「不然要叫你什麼？」

『我姓柯，叫柯志宏。』

「哦？你不姓蔡？」

『我為什麼要姓蔡？』

「我總覺得，你應該要姓蔡。」

『其實也沒差，因為柯跟蔡，是同一姓氏。』

「真的嗎？為什麼？」

『如果我告訴妳由來，那就是歷史小說，而不是愛情小說了。』

「你說什麼？」

『喔，沒事。總之柯蔡是一家。』

「那我以後就叫你柯志宏好了。」

『謝謝妳。那我走了，明天見。』

葉梅桂又蹲下身，抓起小皮的右前腳，左右揮動。

「小皮，跟哥哥說再見。」

『哈哈哈。』她的動作和說話的語氣很逗，於是我笑了起來。

「笑什麼？」她仰起頭，瞪著我。

『沒事。只是覺得妳的動作和語氣很可愛。』

「我不喜歡被人嘲笑，知道嗎？」她的語氣和眼神，都很認真。

『我不會的。相信我，我真的只是覺得可愛而已。』
「嗯。」

葉梅桂和小皮，同時仰頭看著即將離去的我，她們的眼神好像。
『妳是因為小皮的眼神，才決定帶牠回家的吧？』
「嗯。我看到牠獨自穿越馬路向我走來，我突然覺得牠跟我很像。」
她遲疑了一下，接著問：「你會不會覺得這很誇張？」
『不會的。』我笑了笑，『別忘了，我養過狗，我知道狗會跟主人很像，
尤其是眼神。』
「謝謝你。明天什麼時候搬來？」
『傍晚吧。』
「那明天見。」
『明天見。』

葉梅桂抱起小皮，轉身走向自己房間。
小皮的下巴抵住她的左肩，從她的身後，看著我。
進房門前，她再轉身跟我揮揮手。

她們果然擁有同樣的眼神。

我躲到所有光線都不容易照射到的角落裡，坐著喘息。
用誇張的呼氣與擦汗動作，提供自己不跳下一支舞的理由。
也可以順便避開旁人狐疑的眼光。
因為，有時這種眼光會帶點同情。

除了圍成一圈所跳的舞以外，一旦碰到這種需要邀請舞伴的舞，
我總是像個吸血鬼，尋找黑暗的庇護。
躲久了便成了習慣，不再覺得躲避是種躲避。

「學弟，怎麼不去邀請舞伴？下一支舞快開始了。」
背後傳來不太陌生的聲音，我轉過頭。
白色的燈光照在她的右臉，背光的左臉顯得黑暗。
雖然她的臉看起來像黑白郎君，但我仍一眼認出她是誰。

『學姐，我……我不太敢邀女孩子跳舞。』
「別不好意思。」
她伸出左手拉起我的右手，走向廣場中心：
「這支舞是華爾滋旋律，很輕鬆也很好跳。我們一起跳吧。」

音樂響起：
「I was dancing with my darling
to the Tennessee Waltz……」

3

我的東西並不多，除了衣物外，只有一台電腦。
原本想自己一個人慢慢搬，大概分兩次就可搬完。
但朋友堅持開車幫我載，可能是因為他聽說我的室友是個女子的關係。
搬離朋友的住處前，我還向他爺爺上了兩炷香，感謝照顧。

我抱著電腦主機，和朋友準備搭電梯上樓時，電梯門口又貼了張字條：
「電梯已故障，請您多原諒。何不走樓梯，身體更健康。」
昨天電梯故障時，字條上只寫16個字，沒想到今天卻變成五言絕句。
我欲哭無淚，只好抱著沉重的主機，一步一步向上爬。

終於爬到七樓，我先輕放下主機，喘了一陣子的氣，擦去滿臉的汗水。
然後打開門，再抱起電腦主機，和朋友同時走進。
小皮看到我們，狂吠了幾聲後，突然向我朋友衝過來。
我雙手一軟，立刻拋下手上的電腦主機，蹲下身抱住小皮，安撫牠：
『小皮乖，這是哥哥的朋友。』
「朋友的朋友不見得是朋友。」葉梅桂坐在沙發上，淡淡地說。
『哥哥的朋友，總該是朋友了吧？』小皮仍在我懷中低吼。
「那可不一定。李建成的朋友，可能會要了李世民的命。」
她仍然坐在客廳中間三張沙發的中間，看著電視，簡短回答我。

「原來這隻狗叫小皮喔。小皮好漂亮、好可愛喔……」
朋友蹲下身，試著用手撫摸小皮的頭。小皮卻回應更尖銳的吠聲。
「甜言蜜語對小皮沒用的。」葉梅桂轉過頭，看著我們。
「那怎麼樣才有用？」朋友問。

「催眠。」

「催眠?」

「嗯。你得先自我催眠,讓你相信自己是隻母狗。」

「這……」朋友轉頭看看我,顯然不敢置信。

「總比催眠小皮讓牠相信自己是女人,要簡單得多。」

葉梅桂的語氣,依舊平淡。

我們只好先將東西放在七C門口,再下樓搬第二趟。

剩下的東西不多,我一個人搬就夠了。

一起下樓後,朋友倚著車喘氣,仰頭看著我住的大廈。

「你住七C?」朋友問。

『是啊。』

「七C聽起來不好,跟台語『去死』的音很像。」

『別胡說八道。』

「而且你搬進來的第一天,竟然還碰上電梯故障。這是大凶之兆喔。」

朋友低頭沉思了一會:「我回去問我爺爺一下。」

『怎麼問?』

「叫他託夢給我啊。」

『是嗎?他會託夢嗎?』

「會啊。昨晚他就託夢給我,叫我幫你搬東西。」

『真的假的?你不是因為知道我室友是女生的關係?』

「拜託,我是那種人嗎?」

『你是啊。』

「好了，我還有事，先走了。」他上了車，搖下車窗：
「對了。我爺爺說，他跟你有緣，會一直照顧你的。」
說完後，他發動引擎。
『這句話是生前說的？還是死後？』我很緊張。
「死後。」他搖起車窗，開車走人。
『不要啊……』我跑了幾步，但車子很快消失在我的視線。

我懷著驚魂未定的心，一步一步爬上樓。
打開門進了七C，葉梅桂還在客廳看電視。
而陽台上躺著我剛剛匆忙之間拋下的電腦主機，已經摔出一個缺口。
小皮正手嘴並用，從主機的缺口中，咬出一塊IC板。
『唉呀！』我慌忙地想從小皮嘴中，搶救那塊IC板，跟牠拉鋸著。
「怎麼回事？」正在客廳看電視的葉梅桂，轉頭看著我們，然後說：
「小皮！不可以！」
她立刻起身，跑到陽台，從小皮嘴裡，輕易取下那塊IC板。
「小皮，這是不能吃的。來，姐姐看看，嘴巴有沒有受傷？」

「喂！你怎麼把這東西放在這裡？」她看著我，有些埋怨。
『我剛剛只是……』
「你看看，這東西很尖銳，小皮會受傷的。」她指著手裡的IC板。
『可是……』
「以後別再這麼粗心了。」

她又仔細檢查一次小皮的口腔，然後呼出一口氣，說：
「幸好小皮沒受傷。」
『但是電腦卻壞了啊。』

「哦？那很重要嗎？你不像是個小氣的人呀。」
她把IC板還給我，然後又坐回沙發，繼續看電視。

我有點無奈，搬起電腦主機，把IC板咬在嘴裡，進了我的房間。
我先清掃一下房間，在整理衣櫥時，發現幾件女用衣物。
『這些是妳的嗎？』我拿著那些衣物，走到客廳，問葉梅桂。
「不是。」她看了一眼：「是我朋友的，她以前住那個房間。」
『那她爲什麼搬走呢？』
「因爲她不喜歡狗，受不了小皮。」
『喔。』
她的反應簡單而直接，我卻不敢再問。
雖然我以爲，既然是朋友，似乎沒有必要爲了一隻狗而搬走。

「當初帶小皮回來時，我朋友就很不高興。」沒想到她反而繼續說：
「後來小皮老是喜歡亂咬她的東西，而且總是挑貴的東西咬。」
『挑貴的？』
「嗯。便宜的鞋子和衣服，小皮不屑咬。牠只咬名牌的衣服鞋子。」
『哇，小皮很厲害喔，這是一種天賦啊。以後可以用牠來判斷東西是否爲
　名牌，這樣就不必擔心買到仿冒品了。』
我嘖嘖讚嘆了幾聲：『小皮一定具有名犬的血統。』

「你的反應跟我一樣，我也是跟我朋友這樣說。」葉梅桂突然笑了起來。
『然後呢？』
「沒什麼然後。總之，我們吵了幾次，她一氣之下，就搬走了。」
她的語氣，又歸於平淡。
然後向小皮招了招手，小皮乖乖地走到她腳邊，坐下。

「你會不會覺得，我很過份？」我們同時沉默了一會，她問我。

『過份？怎麼說？』

「她是我的大學同學，我們認識好多年了，卻爲了小皮而翻臉。」

『也許是溝通不良吧。』

「你的意思是，我很難溝通？」她眼睛一亮，好像剛出鞘的劍。

『不是這個意思。』我急忙搖了搖手：『我只是覺得，可能妳們在溝通時
　有些誤會而已。』

「哪有什麼誤會？我都說了，我會好好管教牠，不讓牠再亂咬東西。」

她摸了摸小皮的頭，看著牠的眼睛：

「小皮只是淘氣而已，又不壞，爲什麼非得要趕牠走呢？」

或許是我也養過狗的關係，我能體會葉梅桂的心情。

很多人養狗，是因爲寂寞。可是養了狗之後，有時卻會更寂寞。

也就是說，如果是因寂寞而養狗，那麼你便會習慣與狗溝通。

漸漸地，你反而不習慣跟人溝通了。

我突然很想安慰她，因爲我總覺得，她是個寂寞的人。

可是我也認爲，她一定不喜歡被安慰的感覺。

因爲如果一個人很容易被安慰，那他就不容易寂寞了。

所以我沒再多說什麼，走到她左前方的沙發，坐下。

把視線慢慢轉移到電視上。

「對了，我一直有個疑問。」

我和葉梅桂同時沉默片刻後，她又開口問我。

『什麼疑問？』我轉頭看著她。

「在你之前，有很多人也要來租房子。如果是女的，小皮不討厭，但女生
　卻不喜歡小皮。如果是男的，下場就跟你朋友一樣。」
『喔。所以呢？』
「所以小皮很明顯討厭男生呀。」

『那妳的疑問是？』
她仔細打量著我，從頭到腳看了一遍，然後問：
「你是男的？還是女的？」
我楞了一下，有點啼笑皆非：『我當然是男的啊。』

「你是不是那種……你知道的，就是那種生下來是女的，但在青春期時卻
　發現自己除了少一些器官外，應該要是個男的。於是開始打扮成男生的
　樣子，學習做個男生……」
『不是。我一直是男的。』
「或許你的父母很希望有個兒子，所以你雖然是女的，他們卻把你當男孩
　帶大，以致於你一直覺得自己是男生……」
『我是男的，生下來就是男的。』我再強調一次。
「或許你動過變性手術，把自己由女生變男生。」
『喂，妳到底有沒有在聽我說話？我——是——男——的！』
「沒關係的，也許你有難言之隱。」
『我沒有難言之隱，我就是男的！』
我的聲音愈來愈大。

「你是不是被我看穿祕密，以致惱羞成怒？」
『大姐，饒了我吧。我真的是男生。』
「你看，你竟然忘了要叫我葉梅桂，一定是心虛。」

『我沒有心虛，我就是男的。要我證明嗎？』
「你怎麼證明？」
『妳看看……』我指了指喉嚨：『我有喉結。』
「那還是有可能是因為手術。」
『喂！難道要我脫褲子？』
「那倒不必。」葉梅桂又仔細地打量了我一番，然後說：
「你真的是男生？你沒騙我？」
『我沒騙妳，我是男生。』

「好。我問你一個問題，就知道你會不會說謊騙我了。」
『妳問吧。』
「何苦呢？承認自己是女生又沒關係……」
『不要說廢話，快問。』
「說真的，如果你是女生反而更好，這樣我們可以做個好姐妹。」
『妳到底要不要問？』
葉梅桂歪著頭，想了一下：「好吧。我問你，我漂不漂亮？」
我被突如其來的這個問題，嚇了一跳，不自覺地站了起來。

我看著坐在沙發上的葉梅桂，她的表情很正常，不像是開玩笑。
她穿著很普通的家居服，衣服寬寬鬆鬆，顏色是很深的紅。
她沒戴眼鏡，頭髮算長，應該有燙過，因為髮梢仍有波浪。
我說過了，她的眼神像是一口乾枯的深井，往井中看，會令人目眩。
可是如果不看井內，只看外觀的話，那麼這口井無疑是漂亮的。
此外，她的眉毛很像書法家提起蘸滿墨的毛筆，從眉心起筆，
起筆時頓了頓，然後一氣呵成，筆法蒼勁有力，而且墨色濃淡均勻，
收筆處也非常圓潤。

可惜的是，眉毛的間距略窄，表示性格較爲憂鬱且容易自尋煩惱。

『妳……算漂亮吧。』我猶豫了一下，回答。
「這麼簡單的問題，卻回答得不乾不脆，還說你不會騙人？」
『好。妳很漂亮，這樣可以了吧。』
「不行，這題不算。我要再問一個。」
『再問可以，不過不要問奇怪的問題。』
「我只會問簡單的問題。」
說完後，她站起身，右手撥了撥頭髮。

「我性感嗎？」
『喂！』
「你只要回答問題。」
『妳穿的衣服太寬鬆，我很難判斷。』
「你的意思是要我脫掉衣服？」
『不是。衣服脫掉就不叫性感，而是銀色的月光在夜色下蕩漾。』

「什麼意思？」
『簡稱銀蕩（淫蕩）。』
「你還是喜歡騙人，不說實話。」
『好，我說實話。妳很性感，而這種性感與妳穿什麼衣服無關。』
「眞的？」
『眞的。妳很性感。』

「那我最性感的地方在哪裡？」
『可以了喔。』

「說嘛，在哪裡？」

『這太難選擇了。』

「為什麼？」

『就像天上同時有幾百顆星星在閃亮，妳能一眼看出哪顆星星最亮嗎？』

「你的意思是說我性感的地方太多，所以你無法指出哪裡最性感？」

『沒錯。』

「好，我相信你。你是男生。」她坐了下來。

『謝謝妳。』我如釋重負，也坐了下來。

『為什麼妳問我妳漂不漂亮或性……』我有點欲言又止。

「或性不性感就知道我會不會騙人，你想這麼問，對嗎？」

她幫我把疑問句說完。

『對啊。為什麼呢？』

「因為這種問題雖然簡單，卻很難回答實話。」

『會很難嗎？』

「嗯。如果你不說實話，就會說：『妳是我見過最漂亮的女生』或『妳實
　在好性感，性感得令我不知所措、無地自容、無法自拔』之類的話。」

她點點頭，一副很篤定的樣子。

『喔？是這樣嗎？』

「當然是這樣囉。但是你只有回答：『妳很漂亮』和『妳很性感』，可見
　你說的是實話，而且人也很天真和老實呀。」

『天真的是妳吧，搞不好我只是客套而已。』我嘴裡輕聲嘟噥著。

「你說什麼？」

『沒事。』我趕緊陪個笑臉：

『只是覺得妳很厲害，連我的天眞和老實都被妳看出來，眞不簡單。』

然後我們又安靜了，小皮也跳上葉梅桂右手邊的沙發，安靜地趴著。
好像剛才的對話未曾發生過，我和她同時將視線放在電視上。
我雖然安靜，但偶爾會移動一下臀部，改變坐姿；
而她卻似乎連眼睛也難得眨一下。
看來她應該是一個習慣獨處的人，因爲這種人安靜的樣子，
通常會很自然與祥和，沒有任何細微的肢體動作。
由於遙控器在她手中，我只能看她選擇的頻道，
而這些頻道，都是我一轉到就會立刻跳開的頻道。
所以我看了一會，就覺得無聊，於是起身想回房間繼續整理東西。

「你是好人嗎？」我快走到房門前，身後傳來她的疑問。
我轉過頭，她手中仍拿著遙控器，視線也還在電視螢幕。
『這又是另一個測試我是否會說實話的問題嗎？』
「不是。我已經相信你會說實話了，所以我想問你是不是好人。」

『我很懶、偶爾迷糊、常做錯事、個性不算好、意志容易動搖、多天
不喜歡洗澡、人生觀不夠積極、吃飯時總掉得滿地都是飯粒……』
我低頭屈指數了一些自己的缺點，然後再抬起頭看著她：
『不過，我絕對是個好人。』

葉梅桂終於將視線由電視螢幕轉到我身上，微微一笑：
「歡迎你搬進來，希望你會喜歡這裡，柯志宏。」
我又看到了屬於夜玫瑰般嬌媚的眼神。
『我很高興搬進來，也非常喜歡這裡，葉梅桂。』

我朝她點了點頭。

趴在沙發上的小皮，也抬起頭朝我吠了一聲，搖了搖尾巴。
我揮揮手，轉身進了自己的房間。

「這首歌叫田納西華爾滋，不錯聽吧？」
學姐嘴裡哼著旋律，以便讓我能輕鬆掌握節拍。
『嗯。』
我努力挺起胸膛、站直身體，試著做出華爾滋的標準舞姿。
「學弟呀，你動作太僵硬了哦，輕鬆點。」
當我們採取閉式舞姿，輕擁在一起時，
學姐搭在我右肩上的左手，在我右肩按摩了幾下。

但我跳方塊步時，還是緊張得搶了拍，左腳踏上她的右腳。
『學姐，我……對不起。』我的耳根開始發熱。
「沒關係的，別緊張。」學姐微微一笑：
「跳土風舞跟面對人生一樣，都要放輕鬆哦。」

「別害怕、別緊張、放輕鬆、轉一圈……」
隨著音樂節拍，學姐唸出一些口訣，讓我的舞步不再僵硬。
我很自然地被帶動，流暢地右足起三步、左轉一圈。
「跳得很好呀，學弟。」
學姐笑得很開心。

「The night they were playing
the beautiful Tennessee Waltz……」
音樂結束。

4

搬進新房子的第三天,也是我開始新工作的第一天。
我上班的地方離住處很近,搭捷運只要四站而已。
早上搭捷運上班的人很多,我一直很不習慣這種擁擠的感覺。
還好如果不發生地震或淹水的話,車程只需七分鐘。
我可以很快脫離那種不知道該將視線放在哪裡的窘境。

我的職稱是「副工程師」,聽起來好像有點偉大;
但一般工程顧問公司的新進人員,通常都是副工程師。
進公司的第一天,照例要先找主管報到。
我的主管長得很高大,看來五十多歲,頭髮還健在,有明顯的啤酒肚。
他很快讓我加入一組關於市區淹水和排水的工作群。
因為在這方面,我有一些工作經驗。

第一天上班通常不會有太多的工作量,
我只要搞清楚男廁所和主管的辦公桌在哪裡即可。
悲哀的是,主管的辦公桌在我身後,這樣上班時就很難摸魚。
公司中還有一些女工程師,她們的打扮跟一般上班族沒什麼兩樣,
都是套裝和窄裙,還會上妝。
以前在台南的女同事都是牛仔褲裝扮,脂粉未施。
如果她們穿裙子,那大概就是要參加喜宴。
我想,如果以後跟台北的女同事搭計程車時,可能要幫她們開車門。
不像以前在台南的女同事,她們跟你到工地時,肩膀會幫你挑磚頭。
健壯一點的,還會挑得比你多。

我花了一整天的時間，把現場的平面圖和基本調查資料，看過一遍。
瞄了瞄手錶，已經是理論上的下班時間──六點鐘了。
可是整個辦公室卻沒有半個人有下班的跡象。
我嘆了一口氣，看來所有的工程顧問公司都一樣，大家都在比晚的。
只好打開電腦，開啓一個應該是工程圖的檔案，
交互運用「Page Up」和「Page Down」鍵，以免被發覺是在摸魚。

當我又到捷運站準備搭車回去時，已經快八點了。
因爲工作性質的關係，我進捷運站前，還仔細觀察了一下防洪措施。
捷運站通常在地下，如果不能防範洪水入侵，後果不堪設想。
一般捷運系統的防洪措施，主要包括防止洪水進入的阻絕方式，
和萬一洪水入侵時的抽水方式這兩種。
捷運站出入口的階梯高度，便是阻絕洪水進入的措施。
另外還需配合防水柵門或防水鐵門來保護捷運站，必要時得緊急關閉。
1992 年 5 月 8 日香港發生暴雨時，便是利用這種措施發揮阻水效果。

我坐在捷運站入口的階梯上，然後彎腰，用手指丈量階梯的高度。
可能我的動作有些怪異，經過我身旁的人都投以詫異的眼光。
我只好站起身、拍拍屁股，走進捷運站。

等車時，還是不由自主地越過黃線，想看隧道內的防洪措施。
從防洪設計的觀點而言，隧道內絕對不允許進水。
不管洪水有多大，捷運站入口處的防洪措施都有能力阻絕洪水。
除非是洪水來得太快，或是人爲疏失無法即時關閉防水門，
才有可能導致隧道內進水。
隧道內一旦進水，將嚴重影響列車行駛的安全，

此時防洪措施應以抽水為主，除了在隧道內設置排水溝外，
還應在局部低窪地點，設置集水坑和抽水設施，以便緊急排水。

我看了一會，發覺氣氛不太對，回頭一看，很多人正盯著我。
擁擠的車站中，只有我身旁五公尺內沒有半個人。
我覺得很尷尬，退回黃線內，低下頭看著自己的鞋子，
躲避所有異樣的眼光。
但我突然又想起，對這座城市而言，我是陌生人，不會有人認識我。
所以我也不用太尷尬。

車子來了，我上了車。車子動了，我閉上眼。
然後感到有些疲累，還有那種不知名的孤單和寂寞。
我不知道，我為什麼會在這裡？
當初決定要離開台南來到台北時，沒多做考慮，也似乎有些衝動。
因為那時，我只想「離開」。

每個人的人生都只有一種與一次，很難滿足我們。
我常會有個念頭，就是逃離「現在」和「這裡」；
至於逃到「何時」和「哪裡」，我不在乎。
我只是想逃離。

如果我在台南的工作很穩定，我仍然會想逃離。
只是需要勇氣。
但現在台南的工作沒了，正好給了我逃離的理由。

車子到站了，我睜開眼睛。

這城市什麼都快，尤其是時間的流逝。

不過六點到八點那段我不知道該如何度過的時間，倒是過得該死的慢。

下了車，走了九分鐘，拐了三個彎，就回到住處的樓下大門。

一路上，我抬頭看夜空、紅綠燈、商店發亮的招牌、擦身而過的人。

在陌生的城市中走路時，有時甚至會對自己感到陌生。

正準備搭電梯上樓時，電梯門口竟然又貼上一張字條：

「奈何電梯又故障，只好請您再原諒。

少壯常常走樓梯，老大一定更健康。」

第一次看到電梯故障時，字條上只寫16個字；第二次變成五言絕句。

沒想到這次變成七言絕句。

我嘆了口氣，搖了搖頭，抓著樓梯扶手，一步一步緩慢地爬上七樓。

「哦，你回來了。」我一進門，葉梅桂便在客廳出聲。

『喔，妳在家啊。』我在陽台回答。

小皮則從她身旁的沙發上跳下，來到陽台，跟我搖搖尾巴。

我突然感到一陣溫暖，於是蹲下來，逗弄著小皮。

當我試著微笑時，我才發覺臉部的肌肉是多麼僵硬。

如果葉梅桂在客廳，她一定會坐在中間三張沙發的中間。

而我如果也想坐下，就會坐在她的左前方，靠陽台的那張沙發。

「吃過飯了嗎？」我剛坐下，葉梅桂就問我。

『還沒。』我剛剛忘了順便買飯回來。

她聽到我的回答，並沒有任何反應，似乎也不準備再說話。

『我說，我還沒吃飯。』我只好再說一次。

「我聽到了呀。」

『那……』

「那什麼?還沒吃飯就趕快去吃呀。」

『那妳問我吃過飯沒,豈不在耍我。』我小聲地自言自語。

「你難道不知道什麼叫寒暄嗎?」

沒想到她耳朵真好,還是聽到了。

我摸了摸鼻子,爬樓梯下樓,到巷口麵攤吃了一碗榨菜肉絲麵。

那碗麵很難吃,不知道為什麼,我覺得味道很奇怪,難以下嚥。

以前在台南時,加完班後,同事們總會一起到麵攤吃完麵再回家。

那時夜晚麵攤上的麵,總覺得特別好吃。

如今只剩我一個人孤單地坐著吃麵,而且老闆也不會多切顆滷蛋請你。

我隨便吃了幾口,就付帳走人。

回去的路上,我一直擔心以後該如何適應台北人的口味?

爬樓梯回七C時,心裡也想著何時會再有人陪我吃麵?

「今天上班順利嗎?」葉梅桂還在客廳。

『算順利吧。』我也坐回了似乎是專屬於我的沙發。

「你的工作性質是?」

『我在工程顧問公司工作,當個副工程師。』

「哦,是這樣呀。」她轉頭看著我:

「看不出來你是工程師。你是什麼工程師?」

『水利工程師。』

「這麼巧?那你是念水利工程囉?」她似乎很驚訝。

『對啊。念水利工程當然做水利工程師,難道去當作家嗎?』

「太好了！」

『怎麼了？』

「我浴室的馬桶不通，你幫我修吧。」

『妳是認眞的嗎？』

「我很認眞呀，去幫我修馬桶吧。」

『開什麼玩笑？水利工程歷史悠久、博大精深，妳叫我用來修馬桶？』

「歷史悠久和博大精深是用來形容中國文化，而不是形容水利工程。」

『從大禹時代就有水利工程，難道歷史不悠久？』

爲了捍衛我的專業尊嚴，我不禁站起身，激動地握緊雙拳：

『而防洪、供水、灌漑、發電、蓋水庫、建堤防等都是水利工程，這難道
　不博大精深？』

「你幫我修好馬桶，我就承認水利工程是博大精深。」

『這……』

「身爲一個水利工程師，看到自己室友的馬桶堵塞導致水流無法暢通時，
　你不會覺得義憤塡膺、同仇敵愾嗎？」

『我不會覺得義憤塡膺、同仇敵愾。我只會覺得，那一定很臭。』

「喂，去幫我修啦。」

『好吧。不過修好後，妳要承認水利工程是博大精深喔。』

「沒問題。還有我浴室地板上的水管也不太通順，你順便幫我看看。」

『喂！』

「你如果也修好水管，我還會承認水利工程是歷史悠久哦。」

『一言爲定。』我站起身。

葉梅桂也站起身，往房間走去。我尾隨著她，進了她的房間。

她的房間是套房，比我的房間大一些，即使扣除浴室，也還是稍大。

房間很乾淨，東西也不多，並沒有我想像中的花和布偶之類的東西。

淺藍色窗簾遮住的窗戶，正對著屋後的小陽台。

靠窗的書桌很大，似乎是由兩張書桌拼成，書桌上還有一台電腦。

葉梅桂打亮了浴室的燈後，便坐在床邊，雙腳在空中晃啊晃的。

這間浴室比我用的那間浴室略小，但卻有個浴缸。

我試沖了一下馬桶，還好，堵塞的情況並沒有我想像中嚴重。

『妳有吸把嗎？』

「什麼是吸把？」

『就是……算了，我下樓去買。』

「加油哦，偉大的水利工程師。」

我看了看她，雖然是一副很白目的樣子，眼神卻依然像乾枯的深井。

我又摸了摸鼻子，到巷口的便利商店買一隻吸把，再爬樓梯回來。

回到七Ｃ，我也氣喘吁吁。

有了這隻吸把，再加上我靈巧的雙手，很快便排除了馬桶的堵塞。

然後我回到我房間，拿了一柄螺絲起子，旋開浴室地板的排水孔蓋。

清出幾團毛髮後，浴室的排水管就暢通無阻。

我猜那是葉梅桂的頭髮，和小皮身上的毛。

『以後洗頭時，記得洗完後要把排水孔蓋上的頭髮清乾淨。』

我走出了葉梅桂的浴室，叮嚀她。

「我有呀。」

『妳一定只是偶爾這樣做。而且妳也會順手將頭髮丟入馬桶沖掉。』

「你怎麼知道？」

『因為這也是馬桶堵塞的原因。』

「哦，你很厲害嘛。這是水利工程嗎？」

她問了一聲，然後收起在空中晃動的雙腳，站起身。

『算是吧。很多城市淹水的原因，是排水孔的堵塞所造成，而且排水管路
　也常會有雜物淤積，需要定期清理。否則即使再多埋設幾條排水管或是
　把排水管加粗，也無濟於事。』

「嗯。」

『所以我們一定要做好排水系統，努力防止台北市淹水，以確保市民身家
　生命財產的安全！』

「哦？這是水利工程師的信條？」

『不。這是競選台北市長的口號。』

葉梅桂笑了一下，然後打開衣櫥。

她探身進衣櫥，衣櫥開啓的門遮住了我的視線。

『喂，我修好了，妳該怎麼說？』

「謝謝你。」

葉梅桂探頭出來，對我微微一笑，神情終於又像朵夜玫瑰。

我很想跟她說，不必道謝，因為我已經看到了夜玫瑰般的眼神。

『不是這個。是關於水利工程的……』我有點支支吾吾。

「哦。」她似乎恍然大悟，豎起大拇指：

「水利工程真是歷史悠久、博大精深呀！」

『說得好！』我左手拿螺絲起子，右手拿吸把，拱拳道：『告辭了。』

我離開她的房間，隨手把門關上。

我走回客廳，坐在我的沙發，打開電視。

「柯志宏！」葉梅桂的聲音從她的房間內傳出來。

『怎麼了？』

「我現在要洗澡，所以請你幫我一個忙。」

『幫人洗澡可不是水利工程。』

「你胡說什麼！幫我帶小皮出去走走。」

『可是……』

我話還沒說完，小皮似乎知道她的意思，於是興奮地跑到我身邊。

我只好牽著小皮下樓，出了大門口，反而變成小皮在牽我。

牠似乎有固定的行進路線，我也就任由牠帶我四處亂走。

小皮對車子的輪胎非常有興趣，總喜歡聞一聞後，再抬起腳尿尿。

而且愈貴的車牠抬腿的次數愈頻繁。

看來小皮應該是可以作為某種價值觀的判斷指標。

於是我在心裡默唸：『小皮啊，請你像命運一樣，指引我的方向吧。』

結果小皮行進路線的終點，是捷運站。

到了捷運站後，牠坐在入口處的階梯前，吐著舌頭喘氣，看著我。

這個捷運站在我早上來時很擁擠；晚上八點回來時，卻讓我覺得孤單，
和不可名狀的寂寞。

但是現在看它，心情就輕鬆多了。

我也許仍然會寂寞，但我絕不孤單。

因為我可以擁有夜玫瑰的眼神，還有小皮。

我知道我即將歸屬於這座城市，而這個捷運站也會是我生活的重心。

回程時，小皮的路線跟我下班時一樣，但我已不再對自己感到陌生。

牽著小皮來到樓梯口，想到還得爬到七樓，我不禁雙腿發軟。

沒想到小皮吠了一聲後，就往樓上衝刺，我不得不跟著往上跑。

打開七C的門時，我已經喘得上氣不接下氣了。

「幹嘛？有這麼誇張嗎？」

葉梅桂剛洗完澡，坐在客廳的沙發，拿一條紅色毛巾擦乾她的頭髮。

『妳試試從樓下跑到七樓看看，我不信妳不會喘。』

我慢慢移動步伐，到我的沙發坐下，喘了一口長長的氣。

「有電梯不坐，幹嘛爬樓梯？水利工程師喜歡爬樓梯鍛鍊身體嗎？」

『電梯壞了啊。妳不知道嗎？』

我的呼吸終於恢復正常。

「電梯壞了嗎？」葉梅桂似乎很疑惑。

『我下班回來時就壞了。』

「是嗎？我今天有坐電梯呀。」

『妳沒看到電梯門口的字條嗎？』

「字條？」她停止雙手擦拭頭髮的動作，轉頭看著我，說：

「是不是寫著：奈何電梯又故障，只好請您再原諒。少壯常常走樓梯，

　老大一定更健康？」

『是啊。』

「哦。」

然後她又拿起毛巾，繼續擦拭頭髮。

『咦？這麼說，妳也看到紙條了嗎？』

「嗯，當然有看到。」

『那妳怎麼還能坐電梯？』

「你大概沒看仔細吧。字條右下角會署名：吳馳仁敬啓。」

『這我倒是沒注意到。』

「六樓吳媽媽的小孩，正在學書法。」

『那跟這個有關嗎？』

「吳媽媽小孩的名字，就叫吳馳仁。」

『這……』

「所以電梯沒壞。」

『喂，這玩笑開大了吧？』

「不會呀，這棟大樓的住戶都知道。大家還誇他毛筆字寫得不錯呢。」

『可是……』

「他的名字很好玩，吳馳仁唸起來就像『無此人』。」

『這麼說的話，我第一次到這裡看房子、和搬家那天，電梯也沒壞？』

「電梯一直很正常呀，從沒壞過。」

葉梅桂把毛巾擱在茶几上，理了理頭髮，笑著說：

「這是我們這棟大樓的幽默感哦，只要看見有人在爬樓梯，就知道他不是
　這裡的住戶了。很有趣吧。」

『有趣個頭！我今天已經來回爬了三趟樓梯！七樓耶！』

「呵呵……」她竟然笑個不停：「想不到吧。」

我本來覺得有些窩囊，但是看到她的笑容後，就無所謂了。

雖然我並不知道，爲什麼她有雙寂寞的眼神；

但我相信，像玫瑰般嬌媚的眼神，才是她眞正的樣子。

葉梅桂啊，妳應該要像妳說的那樣，是一朵在夜晚綻放的玫瑰花，

而不是總讓我聯想到寂寞這種字眼。

「怎麼了？在生氣嗎？」葉梅桂嘴角還掛著微笑：
「歷史悠久、博大精深的水利工程沒讓你學會幽默感嗎？」
『水利工程是嚴肅的，因為我們不能拿民眾的生命來開玩笑。』
「哦，是這樣呀。那你也是嚴肅的人囉？」
『我不嚴肅。我現在只是個肚子很餓的人。』
「肚子餓了嗎？需要我煮碗麵給你吃嗎？」
『這是寒暄嗎？』
她沒回答，只是微微一笑。

『烹飪這門學問，真是歷史悠久、博大精深啊！』
「幹嘛這麼說？」
『我以為妳是學烹飪的。所以我想我得說上這一句，妳才會煮麵。』
「我不是。你今天幫我這麼忙，煮碗麵給你吃是應該的。」
『那妳念的是什麼歷史悠久、博大精深的學問呢？』
「以後再告訴你。」
她笑一笑。站起身，往廚房走去。

我看著廚房內的葉梅桂，這個即將跟我在同一個屋簷下生活的女子。
她的背後散著新乾的頭髮，嘴裡輕聲哼著歌，似乎很輕鬆自在。
這讓我產生我跟她是一家人的錯覺。

沒多久，葉梅桂端出了一碗榨菜肉絲麵。
我吃了一口後，疲憊的身心終於放鬆，不由得微笑了起來。
我不必再擔心該如何適應台北人的口味，
以及是否會再有人陪我吃麵的問題。

「笑什麼？是不是很難吃？」她問我。

『不。這碗麵很好吃。』我回答。

因為我又看到了一朵在夜晚綻放的玫瑰花。

學姐？

是的，我總是這麼稱呼她。

她大約姓施吧，有一次她曾告訴我。

也許姓石，也許姓史，我並不清楚。

那次是中秋夜，社團的人一起賞月放鞭炮時，她告訴我的。

鞭炮聲太吵，我只隱約聽到「尸」的音。

後來也沒敢再問她，怕她覺得我根本沒放在心上。

學姐的名字很好聽，叫意卿。

第一次在社團辦公室碰到她時，她這麼跟我說：

「讀過林覺民的《與妻訣別書》吧？

一開頭不是『意映卿卿如晤』嗎？」

『學姐也叫意映？』

「不，我叫意卿。不是意映，也不是意如，更不是意晤。」

學姐笑了起來，我就這麼記下了她的名字，

與她的笑容。

剛認識學姐時，我大一，18歲；學姐大二，20歲。

換言之，學姐高我一屆，卻大我兩歲。

社團的人通常都叫她意卿學姐，

只有極少數的人有資格叫她意卿。

而我，只叫她學姐。

正如她只叫我學弟一樣。

這種相互間的稱謂，從不曾改變。

5

我開始適應了台北的新工作，還有新房子的生活。
以前念書時寫過一個程式，用來模擬市區的淹水過程，還滿合理的。
我將演算結果拿給主管看，他似乎很滿意。
「嗯，小柯，你做得不錯。」他拍拍我的肩膀。
由於我姓柯，而且志宏這名字也沒特別的意義，
因此當然被叫成「小柯」這種沒創意的名字。
同事們都叫我小柯。

有時想想，同事們真是愧對水利工程，因為志宏的諧音——滯洪，
可是重要的防洪工程措施——「滯洪池」呢。
滯洪池可蓄積洪水，降低洪峰流量、減少洪災。
看來我似乎是註定做水利工程的。

公司的辦公室在一棟大樓裡，巧合的是，也是七樓。
幸好沒人有練毛筆字的習慣，所以電梯也沒有故障的習慣。
辦公室的氣氛不錯，同事間的相處也很融洽，中午通常會一起吃飯。
所以我中午會跟同事吃飯，下班後則在外面買飯回去吃。
由於是工程顧問公司的關係，員工理所當然的男多女少，比例很懸殊。
不過男同事多數已婚，女同事全部未婚。
雖然女同事全部未婚，但經我觀察一番後，我覺得……
嗯，窩邊草應該是不好吃的。

我比較不習慣的，是辦公室內的地板。
老闆好像有潔癖，除了希望辦公環境一塵不染外，

特別要求地板一定要打蠟。
地板總是又光又滑，如果我走得快一點的話，常常會差點滑倒。
後來我開始試著在地板上溜冰，就好多了。

每天早上，我大概八點半出門上班，在巷口買了早餐後，再搭捷運。
一進捷運站後，是不准飲食的，我只能帶早餐到公司吃。
辦公室內可以吃東西，但不可以丟裝過食物的塑膠袋。
所以我會在公司大樓外，迅速吃完早餐，再上樓上班。
這城市有許多遊戲規則，是我必須馬上學會，而且要習慣的。

就以倒垃圾來說，我得買專屬的垃圾袋裝垃圾，不然垃圾車不收。
垃圾車一天來兩次，第一次來時我還在睡覺；第二次來時我還沒下班。
我只能利用假日，出清一星期的垃圾存貨。
正所謂犧牲不到最後關頭，絕不輕言犧牲，
因此除非萬不得已，否則垃圾盡量丟在外面的垃圾桶。
一來可減少假日追垃圾車時，手上的垃圾袋數目；
二來可省點買垃圾袋的錢。

葉梅桂早上出門上班的時間，大約比我早五分鐘。
從起床後，她一直很安靜，動作也很從容，絕不會出現慌張的樣子。
偶爾與我在客廳交會時，也不發一語。
但她出門前一定會蹲下身子，摸摸小皮的頭：
「小皮，在家乖乖哦，姐姐很快就回來了。」
然後小皮會目送她出門。

比較起來，我上班前的氣氛就激烈多了。

還是那句話，犧牲不到最後關頭，絕不輕言犧牲。

所以不到最後關頭，我絕不輕言起床。

我大約八點20分起床，刷牙洗臉穿衣服後，就出門。

因為只有10分鐘的準備時間，所以總是特別匆忙。

我出門前，也會蹲下身子，摸摸小皮的頭：

『小皮乖，哥哥很快就回來了。』

不過小皮總會咬著我的褲管不放，我得跟牠拉扯幾秒鐘。

我下班回家時，大約晚上八點，這時葉梅桂通常會在客廳看電視。

不過自從修好她的馬桶後，她就不再煮麵給我吃了。

甚至連基本的寒暄都省了。

我有時候覺得我和她都不說話很奇怪，所以會主動說：

『我下班了，真是美好的一天啊。雖然我現在還沒吃飯。』

『我下班了，真是辛苦的一天啊。而且我現在還沒吃飯。』

她通常會回答：

「你有病。」

「你真的有病。」

然後我摸摸鼻子，她摸摸小皮，客廳又回復靜音狀態。

我和葉梅桂都不是多話的人，也很少有需要交談的理由。

但不交談不代表我們彼此漠不關心。

例如倒垃圾時，我一定會問她是否也有垃圾要倒？

然後我再一起提到樓下追垃圾車。

而我下班回來時，陽台上的燈，也一定是亮的。

葉梅桂似乎很晚睡，我偶爾睡不著想起身看書時，

可以隱約從房間的門下方，發現客廳的燈亮著。
我本來以爲她只是比我晚點睡而已，沒想到她這種「晚」，有些誇張。

昨晚睡覺時，睡夢中看見有人背對著我，唱趙傳的《勇敢一點》。
「我試著勇敢一點，妳卻不在我身邊……」歌詞好像是這樣。
他唱到一半，轉過身，竟然是我朋友的爺爺！
我猛然驚醒，差點從床上滾下來。
然後我覺得口乾舌燥，開了燈、下了床，想到廚房倒杯水喝。
打開房門，客廳是亮著的。
我偏過頭一看，夜玫瑰正悄悄地在深夜綻放。

『這麼晚了，妳怎麼還沒睡？』我看了看牆上的鐘，兩點半了。
「因爲還不到睡覺時間。」葉梅桂坐在客廳看書，頭並沒抬起。
『你明天還要上班，早點睡吧。』
「沒關係的。我習慣了。」
她翻過了一張書頁，繼續閱讀。

『明天再看吧。妳這麼晚睡，隔天又要上班，睡眠會不足的。』
我拿了杯水，坐在我的沙發。
「睡眠不足會怎樣呢？」
『睡眠不足會影響隔天的工作啊，工作會做不好。』
「工作只要不出錯就好，我並不想把它做好。」
『工作還是其次。最重要的是，妳會把身體搞壞。』
「哦，所以呢？」
『傻瓜，所以妳要好好愛惜自己的身體啊。快去睡吧。』
葉梅桂似乎楞了一下，終於抬起頭，視線離開了書本。

「你剛剛說什麼？」葉梅桂闔上書本，看著我。

『我說⋯⋯啊，對不起。我不該罵妳傻瓜。』

「沒關係。我想請你再說一次。」

『傻瓜。』

「不是這個。我是指你剛剛說的那句話。」

『妳要好好愛惜自己的身體，早點睡吧。』

過了一會，她才嘆口氣，說：「謝謝你。」

『這有什麼好謝的？同住一個屋簷下，彼此關心是正常的啊。』

「以前我的朋友就不會這麼說。」

『喔？可能⋯⋯可能她忘了說吧。』

葉梅桂笑了一下：「不管怎樣，謝謝你。」

『妳不必這麼客氣。』

「我不跟人客氣的。」

她伸手招了招小皮，小皮乖乖跳到她身邊的沙發，然後她抱住小皮：

「我已經很久很久，沒聽人這麼跟我說了。」

我仔細地看著葉梅桂，看著她說話時的眼神，和撫摸小皮時的手。

撫摸小皮時，她會將五指微張，只用手指撫摸，不用手掌。

從小皮的頭，一直到尾巴，只有一個方向，而且會不斷重複。

這不是一種愛憐或寵愛的撫摸動作，而是一種傾訴或溝通的語言。

換言之，小皮並非她的寵物；

而是她傾訴心事的對象。

我突然有種感覺，我似乎正在照鏡子，於是看見另一個我。

因為我以前，也是這麼撫摸我養過的狗。

『妳……妳還好吧？』
我不忍心看著葉梅桂不斷撫摸著小皮，於是開口問她。
「還好呀。怎麼了？」她終於停止撫摸小皮的動作。
『沒事。』我趕緊將話題轉回，『妳還是不要太晚睡才好。』
葉梅桂，不，是夜玫瑰，又笑了。
「小皮果然沒看錯人。」

『怎麼說？』
「你來看房子那天，小皮就很喜歡你。不是嗎？」
『喔，這麼說的話，妳將房間租給我，只是因為小皮？』
「是呀。難道是因為你長得帥？」
『我長得帥嗎？』
「你想聽實話嗎？」
『不。我照過鏡子，所以有自知之明。』

「其實你長得……也還算勉為其難。」
『什麼意思？』
「勉強稱讚你也不太困難。」
『喂。』
「好。不提這個了。」她笑了笑，「在這裡的生活，你習慣了嗎？」
『嗯，我習慣了。』
「那就好。」她又想了一下，再問：「那你習慣我了嗎？」

『習慣妳？我不太懂。』

「比方說，我的個性呀、脾氣呀等等。」

『妳的個性我還不太清楚，不過妳的脾氣都控制得很好。』

「哦，是嗎？」

『因爲都一直保持在壞脾氣。』

「喂。」

『我開玩笑的。』

「你常開玩笑？」

『算吧。』

「那你說我漂亮也是開玩笑？」

『不。這是事實。』

「那我最漂亮的地方在哪？」

『就像天上同時有幾百顆星星在閃亮，妳能一眼看出哪顆星星最亮嗎？』

「這比喻你用過了。」

『就像地上同時有幾百隻螞蟻在走路，妳能一眼看出哪隻螞蟻最快嗎？』

「還有沒有？」

『就像路上同時有幾百個包子丟過來，妳能一眼看出哪個包子最香嗎？』

她笑了笑，右手撥開遮住額頭的髮。

「說眞的，我的脾氣不好嗎？」

『不會的。妳只是常常很安靜而已。』

「安靜嗎？」葉梅桂想了一下：「我只是不知道該說什麼而已。」

『嗯。我也是。』

然後我們理所當然地又安靜了下來，

客廳安靜得幾乎可以聽見牆上時鐘秒針的擺盪聲。

『咳咳……』我輕咳了兩聲，打破寂靜：『其實妳這樣並不公平。』

「你在說什麼？什麼不公平？」

『我是說，妳只靠小皮來判斷房客的好壞，是不公平的。』

「會嗎？」

『嗯。妳沒聽過："盜跖之犬，亦吠堯舜"嗎？』

「什麼意思？」

『盜跖是中國古代很有名的盜賊，他養的狗即使碰到堯跟舜這樣的聖人，也是會照樣吠的。』

「所以呢？」

『所以小皮不喜歡的人，未必是壞人啊。』

「無所謂。我只要相信小皮就行，總比相信自己的眼睛要可靠得多。而且狗並不會騙人，只有人才會騙人。不是嗎？」

葉梅桂說完後，抬頭看牆上的鐘，我隨著她的視線看了一眼牆上的鐘。
已經三點一刻了。

『該是妳睡覺的時間了吧？』

「很遺憾。還不到。」葉梅桂好像突然覺得很好笑，說：「想不到吧。」

『妳真是……』

「妳真是傻瓜，這麼不懂愛惜自己身體。你想這麼說，對嗎？」

『沒錯。』

「我以後盡量早點睡，這樣可以嗎？」

『嗯。』

我並不習慣太晚睡，所以強忍著睡意，頻頻以手掩嘴，偷偷打哈欠。

但我好奇地想知道，葉梅桂的睡眠時間。

難怪她在假日時，總是一覺到傍晚，大概是彌補平時睡眠的不足。

也因此，我與她在白日的交會，非常少。

即使有，也只是與她的眼神擦身，或是看著她的背影離去。

對我而言，葉梅桂彷彿真的是一朵只在夜晚綻放的玫瑰花。

而且，愈夜愈嬌媚。

「你會不會覺得，時間的流逝總是無聲無息？」

『會啊。不過，妳怎麼突然這麼說呢？』

葉梅桂笑了一下，並不答話。接著說：

「我總覺得時間就像火車一樣快速駛離，但我卻像在車廂內熟睡的乘客般
　毫無知覺。」她深深地呼出一口氣：

「一旦醒來，已經錯過很多東西，甚至錯過停靠站了。」

『喔？』

我很好奇她的說法，睡意暫時離去。

「我常想起十八歲的自己，那個小女孩倔強的眼神和緊抿的雙唇，我看得
　好清楚。我很想拍拍她說：嘿，妳正值花樣年華呢，應該要微笑呀！」

葉梅桂說著說著，也笑了。接著說：

「我也可以很清楚聽到她哼了一聲，用力別過頭說：我偏不要！」

她再輕輕呼出一口氣，說：

「轉眼間已經過了十年了，但我卻覺得好像是昨天才剛發生。」

『十年？』我低頭算了一下：

『那妳跟我一樣，是 1973 年生。那妳現在不就已經是二……』

「二十八歲」要出口前，我突然覺得不太妥當，趕緊閉嘴。

「是呀。」她轉頭問我：「有什麼問題嗎？」

『沒有問題，只是訝異。』

「訝異什麼？」

『訝異妳看起來好像才十八歲。』

「是嗎？」她笑了笑：「你反應很快，知道要懸崖勒馬、緊急煞車。」

『過獎了。』我也笑一笑，暗叫好險。

「如果十年前的事，現在回想起來卻像是昨天才剛發生……」

葉梅桂頓了頓，再接著說：

「那麼十年後的我，看今天的我，大概也會覺得只經過了一天吧。」

『嗯，沒錯。』我應了一聲，表示認同。

「因此對於我可以掌握的時間，我總是不想讓它輕易溜走。」

『這樣很好啊。』

「對嘛，你也說好。所以我晚上捨不得睡呀。」

『時間不是這麼……』

「時間不是這麼掌握法。你想這麼說，對嗎？」

『對。該休息的時候就該休息。』

「好吧。睡覺囉。」葉梅桂終於站起身，伸個懶腰。

她的雙手呈弧形，向上伸展，宛如正要綻放的玫瑰花瓣。

『嗯。』我如釋重負，也站起身。

「你明天上班，沒問題吧？」

『應該……』

「應該沒問題。你想這麼說，對嗎？」

『妳怎麼老搶我對白呢？』

「誰叫你有時說話慢吞吞的，時間寶貴呀。」

『妳眞是……』

「妳眞是個又漂亮又聰明的女孩。你想這麼說，對嗎？」

我本來想說不是，但我很難得看見嬌媚的夜玫瑰，

所以還是點點頭表示認同。

「下次要勸女孩子早點睡時，你只要說：睡眠不足皮膚會不好，她們就會
　立刻去睡覺。」葉梅桂進房間前，轉頭告訴我。

『是這樣嗎？身體健康不是比較重要？』

「你一定很不瞭解女孩子。」

『是嗎？那葉梅桂啊，妳以後要早點睡，皮膚才不會不好。』

「好。」她笑了笑：「晚安了。」

小皮繞著我走了一圈後，也跟著進了她的房間。

我回到房間，看到床，就躺上去，然後不省人事。

昏昏沉沉之際，聽見有人敲我房門：「喂！柯志宏，起床了！」

我突然驚醒，因爲這是葉梅桂的聲音。

『發生什麼事？』

我揉揉眼睛，打開房門。

葉梅桂沒說話，左手伸直，斜斜往上，指向客廳。

『怎麼了？妳的手受傷了嗎？』

「笨蛋！」

她再將左手伸直，用力指了兩次。

我順著她指的方向，看到客廳牆上的鐘。

『哇！八點半了！』

我馬上進入緊急備戰狀態，像無頭蒼蠅般，在房間亂竄。

一陣兵荒馬亂之後，我提著公事包，衝出房間。

『咦？妳怎麼還沒出門？』

「我在等你呀。我載你去捷運站坐車，節省一些時間。」

『可是這樣妳上班……』

「可是這樣妳上班會不會遲到？你想這麼說，對嗎？」

『對。妳會遲到嗎？』

「我遲到一下下應該沒關係的。」

『這樣我會……』

『這樣我會不好意思的。你想這麼說，對嗎？』

『不要再玩……』

「不要再玩這種搶對白的遊戲。你想這麼說，對嗎？」

『傻瓜！都什麼時候了，趕快出門啦！』

這是我和葉梅桂第一次同時出門。

出門前，我們同時蹲下來摸摸小皮的頭，我摸左邊，她摸右邊。

「小皮，在家乖乖哦，姐姐很快就回來了。」

『小皮乖，哥哥很快就回來了。』

我看到小皮歪著頭，一臉困惑。

因為牠不知道該目送葉梅桂？還是咬住我的褲管？

葉梅桂騎機車載我到捷運站，到了捷運站後，我立刻跳下車。

『我走了。妳騎車小心點。』

「趕快去坐車吧，不然……」

『不然你上班會遲到。妳想這麼說,對嗎?』

「哦?沒想到你也會玩這種……」

『沒想到你也會玩這種搶對白的遊戲。妳想這麼說,對嗎?』

我覺得很得意,笑著說:『想不到吧。』

葉梅桂突然停下車,拿下戴在頭上的安全帽。

左手叉腰,雙眼圓睜,右手一直對我指指點點。

嘴巴裡唸唸有詞,但卻沒出聲音。

『妳在做什麼?』我很好奇。

「我在模擬遲到時,老闆很生氣罵你的情形。」

『哇!』我突然驚醒,往捷運站入口處衝去,一面跑一面回頭說:

『晚上見了。』

等我匆匆忙忙跑進辦公室,已經是九點零二分了。

換言之,我遲到了兩分鐘。

當我趴在辦公桌上喘氣時,老闆向我走過來。

我的老闆跟我部門的主管,除了年紀差不多外,其他則南轅北轍。

主管的穿著非常輕便,頭髮雖在,卻已呈斑白。

而老闆總是西裝領帶,頭髮抹得油油亮亮、閃閃動人。

「你知道你犯了什麼錯嗎?」

老闆的臉雖然帶著微笑,不過卻讓我聯想到在春帆樓簽訂馬關條約時,

日本的伊藤博文笑著請李鴻章坐下時的嘴臉。

我很納悶,台北人說話怎麼老喜歡拐彎抹角?阿莎力一點不是很好?

就像我騎機車在台北街頭被警察攔下來時一樣,他們一開頭總會說:

「先生，你知道你犯了什麼錯嗎？」

「先生，你知道你剛剛做錯了什麼嗎？」

「先生，你知道我為什麼半夜兩點躲在暗處把騎車的你攔下來嗎？」

然後拿起罰單，寫了一堆，寫完後拿給你，最後才說：

「謎底就是──你剛剛從人行道上騎下來。想不到吧。」

我想不到的規則很多，所以我到台北後，交通罰款已繳了好幾千塊。

「咳咳……」老闆見我不出聲，用力咳了兩聲，把我拉回現實。

『應該是遲到……兩分鐘吧。』

「遲到兩分鐘有什麼了不起？你心裡一定這麼想，對嗎？」

我有點驚訝，怎麼連老闆也在玩這種遊戲？

「如果防洪預警時，多了兩分鐘，你知道可以挽救多少人命的傷亡和財物
　的損失嗎？」

我看了看老闆，沒有說話。因為這句話是對的。

「我真是慚愧啊，被扣薪水也心甘情願。你心裡一定這麼想，對嗎？」

這句話只對了一半。

我確實是慚愧，不過我可不希望被扣薪水。

大概是睡眠不足還有早餐又沒吃的關係，所以上班時老覺得昏昏欲睡。

還好今天並沒有比較重要的事，勉強可以邊工作邊打瞌睡。

不過我常會聽到身後傳來主管的咳嗽聲，然後就會驚醒。

如果今天讓我設計跨海大橋的話，很可能會變成海底隧道。

總之，我一整天都是渾渾噩噩的。

好不容易熬到下班，坐捷運回家時，還差點睡過頭、錯過停靠站。

葉梅桂說得好，時間就像火車一樣快速駛離，

但我卻像在車廂內熟睡的乘客般毫無知覺。

拖著疲憊的腳步回到住處，準備搭電梯上樓時，電梯門口竟又貼上：

「我達達的引擎正痛苦的哀嚎。我不是偷懶，只是故障。」

這次我終於看清楚了，右下角確實寫著：吳馳仁敬啓。

這個死小孩，竟然改寫鄭愁予的《錯誤》：

「我達達的馬蹄是美麗的錯誤。我不是歸人，是個過客。」

我心裡暗罵了一聲，立刻從公事包裡掏出一枝筆，也在那張紙上寫：

「你吃飽了太閒就趕快去睡覺。你不僅欠揍，而且無聊！」

我寫完後，進了電梯，果然沒故障。

開門進了七C，陽台上的燈一如往常，依舊亮著。

我總是藉助這種光亮，脫下鞋子，擺進鞋櫃。

然後換上室內脫鞋，走進客廳，再將陽台上的燈關掉。

唯一不同的是，葉梅桂並未坐在客廳的沙發，而是在廚房。

「你回來了。」葉梅桂在廚房說。

『嗯。』

「吃過飯沒？」

我有點驚訝，因爲她已經很久不做這種寒暄了。

『還沒。我也忘了順便買飯回來。』

「那你再等一下下，我煮好後，一起吃飯吧。」

聽到她說這句話時，原本想坐進沙發的我，屁股頓時僵在半空中。

『妳馬桶又不通了嗎？』我問。

「沒呀。」

『浴室的水管又堵塞？』

「也沒。」

『那妳為什麼……』

「那妳為什麼要煮飯給我吃？你想這麼說，對嗎？」

『沒錯。』

「同住一個屋簷下，一起吃頓飯很正常呀。」

『喔。』

我坐了下來，打開電視，乖乖等著。

「好了。可以吃了。」葉梅桂將飯菜一道一道地端到客廳。

我們把客廳的茶几當作餐桌，沙發當椅子，準備吃飯。

「今天有遲到嗎？」

『遲到兩分鐘。』

「挨罵了嗎？」

『嗯。今天真是……』

「今天真是倒楣的一天啊。你想這麼說，對嗎？」

『不對。』我搖搖頭：『今天真是美好的一天啊。』

「為什麼？」

我只是笑了笑，然後看了看夜玫瑰，並沒有回答葉梅桂的話。

雖然只是兩菜一湯，卻讓我覺得這頓飯非常豐盛。

「我的手藝還好嗎？」

『嗯。沒想到……』

「沒想到妳是個又漂亮又聰明又會燒菜的好女孩。你想這麼說，對嗎？」

『這次妳就說對了。』

我笑了起來，葉梅桂也笑了。

我們的笑聲感染了小皮，於是牠也汪汪叫了兩聲。

而屋外突然響了一陣雷，下起了我到台北後的第一場雨。

「土風舞雖然是最古老的舞蹈，但與人的距離卻最接近。」
學姐雙手微張，好像各牽住別人的手，腳下重複踏著藤步：
「只要踏進圈內，就可以享受舞蹈、音樂與人結合的感覺。」
學姐停下舞步，轉身說：
「這是我參加土風舞社的原因。學弟，你呢？」

『我覺得土風舞不會拒絕任何人加入，也不希望有觀眾。』
我很努力地想了一下，接著說：
『所有的人圍成一圈，沒有男女老幼之分，也沒種族語言之別，
大家都踏著同一舞步。這會讓我有一種……一種歸屬感。』

「什麼樣的歸屬感？」學姐看我的眼神中，充滿疑惑。
『我不太會形容。』我避開學姐的視線，努力思考著形容詞。
『就像在狼群裡，我也許只是一隻瞎眼跛腳的狼，但人們會說
這群狼有56隻，而不是這群狼有55隻，另外還有一隻瞎了眼
又跛了腳的。』

學姐聽完後，沒說什麼，只是看著我，疑惑漸漸從眼神中蒸發。
然後她笑了笑，仰起頭看著夜空。
『學姐，怎麼了？是不是我說得很奇怪？』
「不是。」學姐似乎在數著天上的星星。過了許久，才接著說：
「學弟。」她將視線從星星轉移到我身上，眼神轉為溫柔：
「你一定是個寂寞的人。」

那時的我，並不太懂寂寞的意思。

但我很清楚地記得，學姐說我寂寞時的眼神。

廣場上突然響起「Mayim……Mayim……」的音樂。

6

一連下了好幾天的雨，我總算見識到台北的多雨了。
下雨天對我而言，沒有太大的區別，只是出門時多帶把傘。
但對騎機車上班的葉梅桂而言，就顯得不方便了。
我原本以為，她會因而有些心煩，或是口中出現一些怨言，
然而我從未聽到或感覺到她的抱怨，她出門上班前的氣氛並沒變，
穿雨衣的動作也很自在。

比較起來，小皮就顯得煩躁多了。
因為原本每天晚上葉梅桂都會帶牠出去散步，但現在卻因雨而暫停。
我常看到小皮面向陽台的窗外，直挺挺地坐著，口中嗚嗚作聲。
偶爾還會皺起眉頭，若有所思。

我想小皮應該是覺得很無聊，我一直盯著牠，久了自己也覺得無聊。
於是我蹲在牠身旁，抓著牠的右前腳，在地板上寫字。
我寫完後，小皮似乎很高興，一直舔我的臉。

「你在地上寫什麼？」葉梅桂正坐在沙發上看報紙。
『秋風秋雨愁煞人。』
「什麼？」她似乎沒聽清楚。
『秋風、秋雨、愁煞人。』
「你有病呀！沒事學秋瑾幹嘛？」

『我很正常啊，我只是寫下小皮的心聲而已。』
「你真是有病。」

『六樓那個白爛小孩吳馳仁，還不是學鄭愁予，妳怎麼不說他有病？』

「人家的毛筆字寫得很好，那叫藝術。」

『我寫的字也不錯啊。』

「你的字？」她從鼻子哼出一聲：「我看過了，不怎麼樣。」

『妳有看過我的字？』

「你不是也寫在電梯門口的字條上？」

『妳怎麼知道是我寫的？』

「我想不出除了你之外，這棟大樓裡還會有誰這麼無聊。」

『不公平！爲什麼都沒人說吳馳仁無聊。』

「我說過了，那叫藝術。」

『那我的字呢？』

「我也說過了，那叫無聊。」

葉梅桂仍然好整以暇地看著報紙。

打開電視，還沒來得及轉台，小皮突然跳到我身上，神情很興奮。

我轉頭望向陽台的窗外，雨暫時停止了。

『雨停了。我帶小皮出去走走，好不好？』

「不行。雨隨時還會再下。」葉梅桂的語氣很堅定。

我向小皮搖了搖手，牠的眼神轉爲黯淡，口中又開始嗚嗚作聲。

我只好又抓著牠的右前腳，在地板上寫字。

「喂，你這回寫什麼？」

『和平、奮鬥、救中國。』

「這又是小皮的心聲？」

『是啊。』

「你可以再說一遍。」

葉梅桂站了起來，將報紙捲成一圈。

『我改一下好了。』

我抓著小皮的右前腳，先作勢將剛剛寫的塗掉，然後再重寫一句。

「寫什麼？」

『和平、奮鬥、救救我。』

「你……」她舉起捲成一圈的報紙，向我走近了兩步。

『我開玩笑的。』我趕緊站起身，陪了個笑臉，『不過說真的，牠好幾天
　沒出去了，很可憐。』

「這沒辦法呀，誰叫老天下雨。」

『我帶牠出去一下下就好，很快就回來，妳別擔心我會淋濕。』

「我又不是擔心你。」

『那妳擔心什麼？』

「我擔心路上有積水，小皮會弄髒的。」

『啊？妳不是擔心我喔。』

「擔心你幹嘛？」她又從鼻子哼出一聲：「你這小子又不知道感激。」

『哪有？妳別胡說。』

「上次載你去捷運站搭車，你連一句謝謝也沒說。」

『是嗎？』我搔搔頭，很不好意思。

「還有你也沒問我，我後來有沒有遲到？」

『喔？那妳有沒有遲到？』

她瞪了我一眼：「當然有。」

『那妳有沒有挨罵？』

「沒有。」

『爲什麼？』

「因爲我長得漂亮呀。」

『那妳意思是說，我會挨罵是因爲我長得……』

「是的。我就是這個意思。」

『喂。』

「還喂什麼，快帶小皮出去呀。」

『妳答應了？』

「嗯。不過要快去快回。」

打開門的一刹那，小皮衝出去的力道，幾乎可以拉動一輛車子。

看來牠這幾天眞的是悶得慌。

我很小心翼翼地牽著牠，避過路上的每一個水窪。

快到捷運站時，突然又下起了雨，而且愈下愈大。

我看苗頭不對，趕緊解開襯衫的鈕釦，將小皮抱在懷裡，再扣上鈕扣。

但小皮太大了，我再怎麼吸氣收小腹，也只能由下往上扣了兩顆扣子。

然後我彎身護著牠，往回衝，很像是在長阪坡單騎救主的趙子龍。

到了樓下時，我已全身濕透。

當電梯門口打開的瞬間，我幾乎與從電梯內衝出的葉梅桂撞個滿懷。

她手上拿把傘，神色匆匆。

『外面正下著大雨，妳急著去哪裡？』

「去找你們呀。你看你，都淋濕了。而且還衣冠不整。」

小皮從我敞開的襯衫中探出頭，她伸手摸了摸。

『小皮還好，妳別擔心。』

我轉身背對著她，解開衣服下面的兩顆扣子，將小皮放下。
然後趕緊將衣服重新穿好，再轉過身面對著她。
『妳看，牠只淋濕一點點喔。而且……』
「先上樓再說。」她打斷我的話，拉著我，走進電梯。
在電梯內，我們都不說話，只有我身上的水珠不斷滴落的聲音。
我感覺我好像是一尾剛從海裡被撈起的魚。

出了電梯，葉梅桂急著打開七Ｃ的門，催促我：「快進來。」
『我先在這裡把水滴乾，不然地板會弄濕的。』
「你有病呀！快給我進來！」
『喔。』我摸摸鼻子，走進屋內，站在陽台。
「還站著做什麼？趕快去洗個熱水澡，換件衣服。」
『妳說換襯衫好呢？還是換Ｔ恤？』
「你說我踹你好呢？還是打你？」
她的語氣似乎不善，我想現在應該不是發問的時機，趕緊溜到浴室。

洗完澡走出浴室，葉梅桂坐在客廳，手裡的報紙已換成一本書。
我赤足在地板上躡手躡腳地走著，以她為圓心，離她最遠距離為半徑，
走到我的沙發，準備坐下。
她放下手中的書，突然站起身。我嚇了一跳。

『那個……』我有點吞吞吐吐：
『沒想到雨來得這麼快，真不好意思。難怪人家都說天有不測風雲。』
她沒有反應，頭也不回地，繼續走到廚房。
『我只是看小皮很想出門，所以帶牠出去，不是故意要讓牠淋雨的。』
她還是沒說話，扭開瓦斯爐燒水，站在廚房候著。

『幸好吉人天相，冥冥之中自有上蒼保佑，所以牠並不怎麼淋到雨。』
她聽到這句話，轉頭瞪了我一眼，隨即又轉回去。

『《三國演義》裡有說喔，趙子龍解開勒甲條；放下掩心鏡，將阿斗抱護
在懷。然後就這樣懷抱後主，殺出曹操八十三萬大軍的重圍呢。』
我自顧自地說著，但葉梅桂依舊沒反應，最後我的聲音愈來愈小：
『我就學趙子龍啊，解開襯衫的扣子，把小皮抱在懷裡，然後冒著大雨衝
　回來。妳會不會覺得我這種行爲跟趙子龍很……』
「像」字還沒出口，聽到葉梅桂拿菜刀切東西的聲音，於是馬上閉嘴。

我看氣氛不太對，站起身，想走回房間避避風頭。
「回去坐好。」葉梅桂背對著我，說話好像下命令。
『是。』我正襟危坐，不敢妄動。
她關掉瓦斯，將鍋裡的東西倒入一個大碗，然後端到我面前。
『這是？』
「薑湯。」她坐回她的沙發：「給你袪寒用的。」
『薑湯竟然一直都是黃色的，眞是不簡單。』
「不要再說廢話。趁熱喝，小心燙。」
她又拿起書，繼續閱讀。

『哇……』我喝了第一口，忍不住叫出聲。
「怎麼了？燙到了嗎？」葉梅桂又放下手中的書，看著我。
『不是。這薑湯……這薑湯……』
「薑湯怎麼了？」
『這薑湯眞是好喝啊。』
「無聊。」她又瞪了我一眼。

我不敢再多說話，慢慢地把那碗薑湯喝完。

『我……我喝完了。』

「很好。」

『那我回房間了。晚安。』

「晚安，趙子龍。」

『趙子龍？』

「你剛剛不是說你在學趙子龍？」

『是啊。』我很得意：『學得很像吧。』

「你是趙子龍，小皮是阿斗，那我呢？」

『妳可以做劉備啊。』

「哦。所以我應該把小皮摔在地上囉？」

『為什麼？』

「《三國演義》裡不是說劉備『無由撫慰忠臣意，故把親兒擲馬前』？」

『沒錯。』我起身走到小皮旁邊，抱起牠，雙手伸直欲交給葉梅桂：
『妳可以把小皮輕輕摔在沙發上，意思意思一下。來，小皮給妳。』

「你還沒玩夠？」葉梅桂依舊板著臉。

『喔。』我雙手抱著小皮，表情很尷尬。

葉梅桂看了我一眼，然後接下小皮，輕輕將牠摔在她左手邊的沙發：
「這樣可以了嗎？」

我急忙再從沙發上抱起小皮，左膝跪地，假哭了幾聲：

『子龍雖肝腦塗地，不能報也！』

「好啦，總該玩夠了吧。」

葉梅桂的臉一鬆，終於笑了起來。

「下次別這麼笨。先找地方躲雨，別急著衝回來。」

『嗯。』

「台北的雨往往說下就下、說停就停。你應該多等一下的。」

『我知道了。只是雨來得突然，我來不及考慮太多。而且我怕小皮如果被雨淋濕，妳會擔心，就急著跑回來了。』

「哦？那你都不怕自己被淋濕？」

『我生來命苦，淋濕了也不會有人擔心。』

「是嗎？」

『這是妳說的啊，妳說妳並不會擔心我，只會擔心小皮。』

「我說說而已，你幹嘛那麼小氣。我當然是會擔心你呀。」

不知道爲什麼，聽見葉梅桂說這句話時，我竟想到學姐。

倒不是因爲學姐也對我說過類似的話，或是葉梅桂說話的樣子像學姐，

而是我聽到這句話時的感覺，很學姐。

所謂的「很學姐」，近似於「今天的天空很希臘」的意思。

就像有人看見工廠煙囱上冒出的黑煙會聯想到死亡一樣，

黑煙和死亡之間並無邏輯上的關連，只有抽象式的聯想。

在我心中，夜玫瑰一直是學姐的代名詞。

但除了第一次到這裡，聽見葉梅桂說她也可以叫做夜玫瑰時的震驚外，

接下來的日子，我不曾將葉梅桂的夜玫瑰與學姐的夜玫瑰聯想在一起。

更從不曾比較過這兩朵夜玫瑰。

如果硬要說出這兩朵夜玫瑰的差異，到目前爲止，

我只能說學姐是不帶刺的夜玫瑰；

而葉梅桂則明顯多刺。

我不想放任葉梅桂與學姐之間的聯想，因爲這種聯想，
很像將奶油倒入咖啡裡，於是產生一個小小的白色漩渦。
但只要輕輕攪動，白色漩渦便會無限擴張，
再也回不去原來的那杯咖啡了。

因此我沒有回話，站起身，往我房間走去。
葉梅桂抬頭看著我，表情有些驚訝。
她嘴唇微張，似乎想說些什麼，但並未開口。
眼神停頓了一下後，低下頭，又拿起手中的書本。
我走了幾步後，隱隱覺得不妥，但也不知道該說什麼。
我停下腳步，快速啓動腦中的思考機器，期盼能製造出一些話語。
無奈我的腦袋因爲淋雨而有些故障，始終想不出什麼話是大方而得體。
只有耳朵還算正常，不斷聽到葉梅桂翻過書頁的聲音。

『嗯……我應該還算是個細心的人，但常會有犯迷糊的時候。雖然我盡量
　細心，不過無法面面俱到，總有遺珠。這就叫做遺珠之憾。』
我終於打破僵局，擠了一些話出來。
但葉梅桂的視線並未離開書本。

『就像老鷹如果飛得太高，往往會低估兔子的身長。還有……』
我用力搔著頭，試著烘乾我的腦袋，以便產生一些合乎邏輯的語言。
『還有就像有一隻狗走在路上，幾十個人拿肉包子丟他，牠不可能會吃掉
　每一個包子吧。妳把我想像成那隻狗，就行了。』
葉梅桂正在翻書頁的手，突然停了下來，但依舊沒抬起頭。
『那隻狗之所以沒辦法吃掉每一個包子，就是心有餘而力不足的道理。

　俗話說：豈能盡如人意，但求無愧我心。這句話就是說……』
「你到底想說什麼？」
她終於放下手中的書，抬起頭看著我。

『謝謝妳、對不起、對不起、對不起、謝謝妳。』
「你在說什麼？」
『我睡過頭，妳叫我起床並載我去捷運站，我很感激。謝謝妳一次。』
『但我忘了向妳說謝謝，實在很抱歉。對不起一次。』
『結果又害妳遲到，應該也要跟妳說對不起。對不起兩次。』
『剛剛淋雨跑回來，讓妳擔心。對不起三次。』
『妳怕我著涼感冒，煮了一碗超級好喝的薑湯給我喝。謝謝妳兩次。』
我屈指一樣一樣地數著，希望不要有遺漏。

「我又不小氣，你幹嘛記那麼清楚。」
『記清楚的人是妳啊。是妳先提到我那天睡過頭的事。』
「也就是說，如果我不提醒你，你早就忘光了？」
『不能說忘光，但我確實是不怎麼記得了。』
「這麼說的話，你跟我說謝謝和對不起，並不是誠心的囉？」
『我是誠心的啊。不過因為是被妳提醒，所以我無法證明我的誠心。』
「你老說我提醒你，是不是認為我一直記著這些，因此是小氣的人？」
『這沒邏輯相關。記不記得是記性問題，而小不小氣卻是個性問題。』
「我不管什麼邏不邏輯，我只知道，你一定認為我小氣！」
葉梅桂似乎生氣了，突然從沙發站起身。

「什麼叫老鷹如果飛得太高，往往會低估兔子的身長？」
葉梅桂哼了一聲，說：「你是高飛的老鷹，而我卻只是一隻小兔子？」

『我不是這個意思。』我用力搖了搖手：

『高飛的老鷹是指我英明的頭腦，而兔子的身長是指生活中的瑣事。』

「你是說『您』貴人事忙，忙到連跟人說聲謝謝或對不起都會忘記？」

『我沒說我是貴人，只是說我的頭腦英明而已。』

我伸出右手的食指，搖了搖食指：『這還是沒有邏輯上的關連。』

「你……」葉梅桂真的生氣了，手指著我，大聲說：

「你是笨蛋！」

葉梅桂說完後，叫了聲小皮，就直接進了房間，連書也忘了帶走。

她準備關上房門時，卻看到小皮仍在客廳，於是又說：

「小皮！快進來！」

小皮只好繞著我走一圈，再走進她的房間。

我一臉愕然，並不清楚自己到底哪裡惹她生氣？

但我清楚的是，葉梅桂果然是帶刺的夜玫瑰。

我在睡覺前，翻來覆去，仔細回想今晚的對話。

老鷹如果飛得太高，往往會低估兔子的身長？

這句話應該沒錯吧。

莫非老鷹的視覺實在太好，以致於不管飛得多高，

都可一眼判斷出兔子的身長？

好像也是吧，因為從沒聽說老鷹要抓兔子時，結果抓到一匹白馬。

還是我說我的頭腦很英明這句話讓她不悅呢？

可是我說的是英明，又不是聰明，不算往自己臉上貼金吧？

一連三天，我下班回來時，陽台上的燈並未打亮。

我總是摸黑脫去鞋子、擺進鞋櫃。

結果第三天左腳的小指不小心踢到鞋櫃，我還慘叫了一聲。

但坐在客廳的葉梅桂並沒做任何反應，我甚至懷疑她在心裡偷笑。

這三天我只聽到她說過三句話，而且這三句話竟然還相同。

都是她早上出門上班前那句：

「小皮，在家乖乖哦，姐姐很快就回來了。」

雨也早就停了，可是雨過天青這句話，似乎不適合形容葉梅桂的脾氣。

她的脾氣可說是一路走來，始終如一。

我覺得回家後的氣氛實在太詭異，所以第四天刻意待到很晚才下班。

我大約十點半左右離開公司，比平常遲了快三個鐘頭。

但我竟然還不是公司內最晚下班的員工，可見我待的這家公司很變態。

我先在公司樓下隨便吃了點東西，再搭捷運回去。

看了看手錶，已經超過十一點了。

下車後，我慢慢爬著向上的階梯，想多拖點時間，避免回家時的尷尬。

剛出捷運站，我竟然看到葉梅桂牽著小皮，

坐在停放在附近的一輛機車上。

『怎麼今天這麼晚才帶小皮出來？妳平常不是十點就帶牠出來？』

葉梅桂沒答話，站起身離開機車座墊，往回走。

我跟在她後頭，沿路上逗弄著小皮。

到了樓下，我先掏出鑰匙打開大門，正準備推門進去時，

沒想到她迅速將門拉回鎖上，再用她的鑰匙重新開門，然後推門走進。

看到她走到電梯門口，我才放心地走進去。

因為我很害怕她搞不好會在我左腳剛跨進門時，用力把門關上。

在電梯門口，吳馳仁又貼上一張字條：
「輕輕的我停了，正如我輕輕的載。
我累了這麼久，偶爾故障也應該。」
『可惡！竟然學徐志摩的《再別康橋》，我一定要……』
我馬上從公事包中掏出一枝筆，正準備也寫些什麼時，
發現葉梅桂轉頭瞄了我一眼，我立刻把筆收下，改口說：
『嗯，這些字寫得真好，很有藝術感。』
「他這次的字，沒以前寫得好。」
她突然出了聲，我嚇了一跳。電梯門已打開，我竟忘了走進。

「還不快進來。」葉梅桂在電梯內說話。
『是。』我馬上走進。
在電梯內，小皮的前腳搭在我褲子的皮帶上，我摸摸牠的頭，笑了笑。
還好有小皮，我可以假裝很忙的樣子。
出了電梯，到了七C門口。這次我學乖了，不再主動掏鑰匙開門。
「快開門呀。」她又說。
『是。』我畢恭畢敬。

等我們分別在沙發坐定，我想她既然肯開口說話，大概氣已消了一些。
『那個……對不起。我有時不太會說話，希望妳不要見怪。』
她看了我一眼，淡淡地說：「我也有不對的地方。」
『妳怎麼會不對呢？就像要地球忘了繞太陽旋轉一樣，都是不可能的。
所謂沉默是金、開口是銀，因此話較多的我，一定較容易出錯……』
我瞥見她的神色似乎不對，又趕緊改口：
『不過話說回來，妳確實有不對的地方。這沒關係，我不會介意的。』
葉梅桂瞪了我一眼，然後說：「不會說話就少開口。」

『是。』
於是客廳又安靜了下來，我連打開電視也不敢。

「回答你剛剛的問題，我今天也是十點就帶小皮出去走走。」
葉梅桂竟然先開口，我楞了一下，因此還搞不太清楚狀況。
『什麼？我問了什麼問題？』
「你在捷運站時，不是問我：為什麼今天這麼晚才帶小皮出來？」
『是啊。』
「我回答了。」

『喔。沒想到今天小皮可以在外面走一個多小時，看來牠的體力很好，
　真是一隻健康的小狗啊。』
「牠沒有走一個多小時，我們一直是坐在機車上的。」
『喔。妳們為什麼坐那麼久？是在思考什麼東西嗎？』
「我們在等你呀，笨蛋！」
她的音量又突然升高。

過了良久，我才又喔了一聲。
「吃過飯了吧？」
『吃過了。』
還好我真的吃過了，如果我還沒吃，我就不知道該怎麼回答了。
「真的嗎？」
『真的真的。我不敢騙妳。』
「好吧。沒事了。」
『那……我回房間了。晚安。』
「你不用洗澡的嗎？洗完澡要睡覺時再說晚安。」

『是。』

我站起身想走回房間，突然靈光一閃，轉身告訴她：
『老鷹飛得再高，兔子的身長還是一目了然啊。』
「又在胡說什麼。」
『沒什麼，我修正一下前幾天說錯的話。』
「你又是高飛的老鷹？」
『不敢不敢。我以後會細心一點，不會再迷糊了。』
「快去洗澡啦。」
『是。』

洗完澡，再跟葉梅桂說聲晚安後，我就睡了。
我不用再翻來覆去思考著到底哪裡說錯話的問題。
早上醒來後看見葉梅桂時，氣氛也不再尷尬。
她甚至在出門前還催促我動作快點，以免遲到。

我也不必刻意在公司待到很晚，又恢復到平常的習慣。
下班回來後，打開七Ｃ的大門，陽台上終於又有了光亮。
我好像在沙漠中行走了幾天的旅人，突然發現水一樣，興奮地叫著：
『小皮！小皮！』
小皮跑了過來，我拉起牠的前腳：『太好了，燈又亮了！』
我拉著小皮，在陽台上轉圈圈，小皮也汪汪叫著。
而此時的葉梅桂，依然端坐在沙發。

但我卻發覺夜玫瑰嘴角輕輕泛起的笑意。

「學弟，快來！」學姐跑到我身邊拉起我的左手：
「這是以色列的水舞，你一定要跳。」
學姐拉著我往廣場中心奔跑，廣場上的人正慢慢圍成一個圓。
『為什麼？』我邊跑邊問。
「你是水利系的，這可是你們的系舞，怎能不跳？」
話剛說完，舞蹈正好開始。

所有的人圍成一個圓圈，沿著反方向線，起右足跳藤步，
於是圓圈順時針轉動著。
第17拍至第32拍，右腳起向圓心沙蒂希（Schottische）跳，
然後再左腳起退向圓外沙蒂希跳。來回重複了兩趟。
當向著圓心移動時，所有人口中喊著：「喔……嘿！」
「嘿」字一出，左足前舉，右足單跳。
舉起的左足，可以誇張似地幾乎要踢到迎面而來的人。

學姐做沙蒂希跳時，口中的「嘿」字特別響亮。
「學弟，再大聲一點。」學姐的神情很興奮，左足也舉得好高。
最後一次舉左足時，學姐用力過猛，雙腳騰空，差點摔倒。
我嚇了一跳，趕緊扶起她。
學姐只是咯咯笑著，眼睛好亮好亮。

學姐，妳知道嗎？
這正是我想要的歸屬感。
我屬於這個團體、屬於這群人，不管我跟他們是否熟稔。
因為我們以同樣的姿勢看這個世界，有著同樣的歡笑。

學姐，妳拉著我融入圓圈，走向圓心。
所以我並不寂寞。

音樂快停了，一直重複著「Mayim……Mayim」的歌聲。
圓圈不斷順時針轉動，愈轉愈快，好像即將騰空飛起。
我追趕學姐的舞步，捕捉學姐遺留下來的笑容。

然後我終於也笑了。

7

連續幾天的雨，造成台北部分地區淹水，不過情況都很輕微。
由於這跟我的工作相關，因此主管要我跟另一位男同事到現場看看。
他跟我隸屬同一組，叫蘇宏道。
這個名字跟水利工程的另一項工程設施——疏洪道，也是諧音。
疏洪道又稱分洪道，可使部份洪水經由疏洪道再流入下游，
或排至其他流域，因此具有分散洪水的效果。
例如台北的二重疏洪道，可分散淡水河的洪水。

記得我第一次向他說我的名字時，他很興奮地說：
「你是滯洪池，我是疏洪道。我們雙劍合璧，一定所向無敵！」
很無聊的說法。
雖說如此，他還是習慣叫我小柯。

他人還不錯，只是總喜歡講冷笑話，很冷的那一種。
笑話不好笑也就罷了，有時還會惹上麻煩。
例如在下雨的那幾天，他會說外面的天氣跟公司的狀況一樣。
『怎麼樣？』我問他。
「都在風雨飄搖之中。」他說完後總會大笑，很得意的樣子。
這句話剛好被路過的老闆聽到，把他叫去訓了一頓。

『你學乖了吧？』當他挨完罵回來後，我又問他。
「你知道我為什麼挨罵嗎？」他反而問我。
『因為你拿公司亂開玩笑，當然會被老闆罵。』
「不是這樣的。」他神祕兮兮地將嘴巴靠近我耳邊，輕聲說：

「老闆罵我不該洩漏公司機密。哈哈哈……」
如果是剛認識他,可能會被他唬住。
不過我認識他已有一段時日,知道這傢伙的嘴巴很壞。

疏洪道的個性不算太散漫,卻很迷糊。
他的辦公桌就在我右手邊,桌上總是一片凌亂,像被小偷光顧一樣。
當主管要我跟他到現場勘查時,他光在桌上找鑰匙就花了十幾分鐘。
「真是諸葛亮七擒孟獲啊。」他終於找到那串鑰匙,轉頭告訴我:
「這串鑰匙我丟掉七次、找回七次,很像諸葛亮對孟獲七擒七縱吧。」
『快走吧。』我習慣裝作沒聽到他的話。

離開辦公室時,在門口碰到公司內另一位女工程師。
「李小姐,妳中毒了嗎?」疏洪道開口問她。
「什麼?真的嗎?」她很緊張。
「我看見妳嘴唇翻黑。」
「那是口紅的顏色!」說完後,她氣呼呼地走進辦公室。
疏洪道哈哈笑了兩聲後,拉著我坐電梯下樓。

頂著烈日,我們騎機車在外面走了一天,幾乎跑遍大半個台北。
我對台北不熟,而疏洪道是土生土長的台北人,因此通常由他帶路。
我發覺疏洪道非常認真,跟平常上班的樣子明顯不同。
他對水利工程設施的瞭解遠超過我,我因而受益不少,並開始敬佩他。
再回到辦公室時,已經是晚上七點半。
我收拾一下辦公桌,準備下班。
而疏洪道把口袋中的零錢掏出,隨手丟進桌上的文件堆裡。

『你在做什麼？』我很好奇。

「我在藏寶啊。」

『你還嫌桌子不夠亂？』

「你不懂啦。」他雙手把桌上弄得更亂，零錢完全隱沒入文件堆中。

「我不是常常在桌上找東西嗎？找東西時的心情不是會很慌亂嗎？心情
　慌亂時不是會很痛苦嗎？但我現在把零錢藏在裡面，這樣下次找東西時
　就會不小心找到錢，找到錢就會認為是意想不到的收穫，於是心情就會
　很高興啊。」

然後他又在桌上東翻西翻，翻出一個硬幣，興奮地說：

「哇！十塊錢耶！我真是幸運，一定是上帝特別眷顧的人。」

他又得意地笑著，嘴裡嘖嘖作聲。

『我下班了，明天見。』我拍拍他的肩膀，還是裝作沒聽到他的話。

雖然今天在外面跑了一整天，但回到住處的時間還是跟以前差不多。

「咦？為什麼你的臉那麼紅？」葉梅桂還是坐在客廳看電視。

『會嗎？』我摸摸臉頰。

「是不是……」她站起身，撥了撥頭髮：

「是不是今天的我特別漂亮，讓你臉紅心跳？」

『妳想太多了。』我放下公事包，坐在沙發上：『那是太陽曬的。』

「哦？你在辦公室做日光浴嗎？」

『不是。我今天跟同事在外面工作。』

「哦，原來如此。」

當我準備將視線轉向電視機時，她突然站起身，繞著茶几走了一圈。

『妳在做什麼？』我很疑惑地看著她。

「我在試試看身體變輕後,走路會不會快一些。」

『妳身體變輕了嗎?』

「是呀。」

『會嗎?我看不出來耶。』我打量她全身:『妳哪裡變輕?』

「頭。」

『頭變輕了?』我想了一下:『那妳不就變笨了?』

「喂!」葉梅桂提高音量:「你還是看不出來嗎?」

『啊!』我又看了她一眼後,終於恍然大悟:『妳把頭髮剪短了!』

「你還好意思說自己是老鷹。」葉梅桂哼了一聲:

「我才是老鷹,你一回來我就發覺你的臉變紅了。」

『不好意思,我剛剛沒注意到。妳怎麼突然想剪頭髮呢?』

「廢話。頭髮長了,當然要剪。」

她坐回沙發,語氣很平淡。

我覺得碰了一個釘子,於是閉上嘴,緩緩把視線移到電視。

「喂!」

在彼此沉默了幾分鐘後,葉梅桂突然喊了一聲,我嚇了一跳。

『怎麼了?』我轉頭看著她。

「關於我頭髮剪短這件事,你還有什麼話要說?」

『嗯。頭髮剪短是好事,會比較涼快。』

「然後呢?」

『然後就比較不會流汗。』

「還有沒有?」

『沒……沒有了。』

不知道為什麼,我覺得她的問話有些殺氣,因此我回答得很緊張。

果然葉梅桂瞪了我一眼後，就不再說話了。
我想了半天，實在想不出該說什麼，乾脆問她：
『妳能不能給點提示？』
「好。我給你一個提示。」
她似乎壓抑住怒氣，從鼻子呼出一口長長的氣，我看到她胸口的起伏。

「我頭髮剪這樣，好看嗎？」
『當然好看啊，這是像太陽閃閃發亮一樣的事實啊。』
「那你為什麼不說？」
『妳會告訴我天空是藍的、樹木是綠的嗎？這是顯而易見的事實，當然
　不需要刻意說啊。說了反而是廢話。』
「哼。」

雖然她又哼了一聲，但我已經知道她不再生氣了。
葉梅桂可能不知道，她的聲音是有表情的。
我習慣從她的眼神中判斷她的心情，
並從她的聲音中「看」到她喜怒哀樂的表情。
她聲音的表情是豐富的，遠超過臉部的表情。
因為除了偶爾的笑容外，她的臉部幾乎很少有表情。
正確地說，她的聲音表情是上游；臉部表情是下游，
她情緒傳遞的方向跟水流一樣，都是由上游至下游。

「那我問你，我長髮好看呢？」葉梅桂又接著問：「還是短髮？」
『這並沒邏輯相關。』
「為什麼這麼說？」

『因為妳的美麗，根本無法用頭髮的長度來衡量。』
她忍不住笑了一聲，隨即又板起臉：
「你從什麼時候變得這麼會說話了。」
『從……』我尾音拉得很長，但始終沒有接著說。
「嗯？怎麼不說了？」
『沒事。』我笑了笑。

我不想告訴葉梅桂，我是從學姐離開以後，才開始變得會說話。

這已經是第二次在跟葉梅桂交談時，突然想起學姐。
我不是很能適應這種突發的狀況，因為不知道從哪一個時間點開始，
我已經幾乎不再想起學姐了。

雖然所有關於跟學姐在一起時的往事，我依然記得非常清楚，
但那些記憶不會莫名其妙地出現在腦海，也不會刻意被我翻出來。
即使這些記憶像錄影帶突然在我腦海裡播出，我總會覺得少了些東西，
像是聲音，或是燈光之類的。
我對錄影帶中的學姐很熟悉，但卻對錄影帶中我的樣子，感到陌生。
也許如果讓我再聽到「夜玫瑰」這首歌，或再看到「夜玫瑰」這支舞，
這捲錄影帶會還原成完整的樣子。
只可惜，大學畢業後，我就不曾聽到或看到「夜玫瑰」了。

有了上次突然因為葉梅桂而想起學姐的經驗，這次我顯得較為從容。
『對了，小皮呢？』我試著轉移話題。
「牠也在剪頭髮呀。」
『剪頭髮？』

「小皮的毛太長了，我送牠去修剪。待會再去接牠回來。」

『小皮本來就是長毛狗，不必剪毛的。』

「可是牠的毛都已經蓋住眼睛了，我怕牠走路時會撞到東西。」

『妳想太多了。狗的嗅覺遠比視覺靈敏多了。』

「是嗎？」

葉梅桂站起身，拿下髮夾，然後把額頭上的頭髮用手梳直，

頭髮便像瀑布般垂下，蓋住額頭和眼睛。

「你以為這時若給我靈敏的鼻子，我就不會撞到東西？」

她雙手往前伸直，在客廳裡緩慢地摸索前進。

『是是是，妳說得對，小皮是該剪毛了。』

「知道就好。」葉梅桂還在走。

『妳要不要順便去換件白色的衣服？』

「幹嘛？」

『這樣妳就可以走到六樓，裝鬼去嚇那個白爛小孩吳馳仁了。』

「喂！」

她終於停下腳步，梳好頭髮、戴上髮夾，然後瞪我一眼。

葉梅桂坐回沙發，打開電視。

我的視線雖然也跟著放在電視上，但仍藉著眼角餘光，打量著她。

其實她的頭髮並沒有剪得很短，應該只是稍微修剪一下而已。

原先她長髮時，髮梢有波浪，而現在的髮梢只剩一些漣漪。

我覺得，修剪過枝葉的夜玫瑰，只會更嬌媚。

但以一朵夜玫瑰而言，葉梅桂該修剪的，不只是枝葉，

應該還有身上的刺。

「我去接小皮了。」葉梅桂拿起皮包,走到陽台。

『我陪妳去。』我把電視關掉,也走到陽台。

她猶豫了一下,說:「好吧。」

『不方便嗎?』

「不是。」她打開門,然後轉頭告訴我:「只是不習慣。」

搭電梯下樓的這段時間,我一直在想著葉梅桂這句「不習慣」的意思。

我從未看見她有朋友來找她,也很少聽到她的手機響起。

除了上班和帶小皮出門外,她很少出門。

當然也許她會在我睡覺後出門,不過那時已經很晚,應該不至於。

這麼說起來,她的人和她的生活一樣,都很安靜。

想到這裡時,我轉頭看著她,試著探索她的眼神。

「你在看什麼?」

剛走出樓下大門,她似乎察覺我的視線,於是開口問我。

『沒什麼。只是突然想到,妳很少出門。』

「沒事出門做什麼?」葉梅桂的回答很簡單。

『可以跟朋友逛逛街、看看電影、唱唱歌啊。』

「我喜歡一個人,也習慣一個人。」

『可是……』

「別忘了,」她打斷我的話:「你也是很少出門。」

我心頭一震,不禁停下腳步。

葉梅桂說得沒錯,我跟她一樣,都很少出門。

我甚至也跟她一樣,喜歡並習慣一個人。

也許我可以找理由說，那是因爲我還不熟悉台北的人事物，
所以很少出門。
但從另一個角度來看，很多人正因爲這種不熟悉，才會常出門。
因爲所有的人事物都是新鮮的，值得常出門去發掘與感受。
我突然想起，即使在我熟悉的台南，我依然很少出門。

「怎麼了？」
葉梅桂也停下腳步，站在我前方兩公尺處，轉過身面對著我。
『妳會寂寞嗎？』我問。
在街燈的照射下，我看到她的眼神開始有了水色。
就像一陣春雨過後，玫瑰開始嬌媚地綻放。

「寂寞一直是我最親近的朋友。我不會去找它，但它總會來找我。」
『是嗎？』
「嗯。我想了很多方法來忘記它，但它一直沒有把我忘記。」
我望著嘴角掛著微笑的葉梅桂，竟有一股說不出的熟悉感。
『如果它不見了，只是因爲它躲起來，而不是因爲它離去。』我問她：
『妳也有這樣的感覺吧？』
「沒錯。」葉梅桂笑了笑。

「在山上的人，往往不知道山的形狀。」
葉梅桂仰起頭，看著夜空，似乎有所感觸：
「只有在山外面的人，才能看清楚山的模樣。」
『什麼意思？』
「很簡單。」她轉過頭看著我，往後退開了三步，笑著說：
「你站在一座山上，我站在另一座山上。我們彼此都知道對方的山長什麼

樣子，卻不清楚自己所站的山是什麼模樣。」

葉梅桂說得沒錯，從我的眼中，我可以很清楚看到和聽到她的寂寞。
雖然我知道我應該也是個寂寞的人，但並不清楚自己寂寞的樣子。
也不知道自己的哪些動作和語言，會讓人聯想到寂寞。
換言之，我看不到自己所站的這座山的外觀，只知道自己站在山上。
但葉梅桂那座山的模樣與顏色，卻盡收眼底。
而在葉梅桂的眼裡，又何嘗不是如此。

「小皮應該等很久了，我們快走吧。」
說完後，葉梅桂便轉過身，繼續往前。
『嗯。』我加快了腳步，與她並肩，『我的山一定比妳高。』
「但我的山卻比你漂亮呀。」
我們沒停下腳步，只是彼此交換一下笑容。

小皮全身的毛被剪得差不多，樣子完全變了。
如果不是牠的眼神，和牠對我們猛搖尾巴和吠叫，我一定認不出來。
牽牠回去的路上，牠似乎變得害羞與靦腆，總是迴避著我們的目光。
想抬腿尿尿時，舉起的腳也沒以前高，甚至還會發抖。
『小皮看到牠的毛被剃光，一定很自卑。』我對葉梅桂說。
「才不會。牠只是不習慣而已。」
『那妳剛剪完頭髮時，會不習慣上廁所嗎？』
「你少無聊。」葉梅桂瞪了我一眼。

當我還想說些什麼時，她的手機正好響起。
葉梅桂停下腳步，把小皮交給我。

「喂。」她說。

「葉小姐嗎？我是……」

雖然我走到她左手邊五公尺左右的地方，並且背對著她，

但在夜晚寂靜的巷子裡，仍然隱約可以聽到她手機中傳來的男子聲音。

「我等你的電話很久了。」葉梅桂淡淡地回答。

我被她這句話吸引住，不自覺地轉過身，想聽聽她們要說些什麼。

「眞的嗎？」男子的聲音很興奮，還笑了幾聲。

「如果你不打來，我怎能告訴你千萬別再打來呢？」

「……」男子似乎被這句話嚇到，並沒有回話。

「不要再打來了。Bye-Bye。」她掛上電話。

「我們剛剛說到哪裡？」葉梅桂問我。

『沒什麼。我們只是同時認同小皮不習慣牠的毛被剃光而已。』

我不敢跟她說她剛罵我無聊，因爲葉梅桂掛斷電話的動作，

讓我聯想到武俠電影中，俠客揮劍殺敵後收劍回鞘的姿勢。

「你別緊張。」葉梅桂呵呵笑了幾聲：

「那小子我並不認識。他大概是我同事的朋友，前兩天到我公司來，

　看到了我，偷偷跟我同事要了我的電話，說是要請我吃飯。」

『那妳爲什麼跟他說：我等你的電話很久了呢？』

「這樣講沒錯呀，既然知道這小子會打電話來，當然愈快了斷愈好。」

聽她小子小子的叫，不禁想到第一次看見葉梅桂時，她也是叫我小子。

「男生實在很奇怪，有的還不認識女生就想請人吃飯；有的認識女生一段
時間了，卻還不肯請人吃飯。」葉梅桂邊走邊說。

『是啊。』我也往前走著。

「更奇怪的是，即使女生已經請他吃過飯，他還是不請人吃飯。」

『嗯。確實很奇怪。』

「這種男生一定很小氣，對不對？」

『對。而且豈止是小氣，簡直是不知好歹。』

葉梅桂突然笑了起來，我雖然不知道為什麼，但也隨著她笑了幾聲。

「你一定不是這種男生，對吧？老鷹先生。」

我心頭一驚，腳步有些踉蹌，開始冒冷汗。

『嗯……這個……我會找個時間，請妳吃頓飯。』我小心翼翼地說。

「千萬別這麼說，這樣好像是我在提醒你一樣。搞不好你又要覺得我很
　小氣了。」

『不不不。』我緊張得搖搖手：『是我自己心甘情願、自動自發的。』

「真的嗎？」葉梅桂看著我：「不要勉強哦。」

『怎麼會勉強呢？請妳吃飯是我莫大的榮幸，我覺得皇恩浩蕩呢。』

「我怎麼覺得你的聲音，像是晚風吹過小皮剛剃完毛的身體呢？」

『什麼意思？』

「都在發抖呀。」

『喔，那是因為興奮。』

「是嗎？」她斜著眼看我，並眨了眨眼睛。

『可以了，真的可以了。我會請妳吃飯的。』

葉梅桂微微一笑，從我手中接過拴住小皮的繩子，快步往前走。

進了樓下大門，走到電梯門口，字條又出現了。

「再完美的電梯，也會偶爾故障。我從來不故障，所以不是電梯。」

我看了一下，轉頭問葉梅桂：『吳馳仁瘋了嗎？』

「不是。他進步了。」

『什麼？』

「這是改寫自莎士比亞《理查三世》中的句子。」她指著字條說：
「再兇猛的野獸，也有一絲憐憫。我絲毫無憐憫，所以不是野獸。」

『喔。那妳為什麼說他進步？莎士比亞比較了不起？』

「不是這個意思。他以前只說電梯故障，現在卻說它連電梯都不是。
　這已經從見山是山的境界，進步到見山不是山的境界了。」

『是嗎？我倒是覺得他更無聊了。』

葉梅桂打開皮包，拿出一枝筆，遞給我：「你想寫什麼，就寫吧。」

『不用了。』

「你不是不寫點東西罵吳馳仁，就會不痛快？」

『我想我已經是這棟大樓的一份子了，應該要接受這種幽默感。』

「嗯，你習慣了就好。」

她微笑的同時，電梯的門也開了。

小皮果然不習慣牠的樣子，看到鏡子還會閃得遠遠的。

一連三天，我下班回家時，牠都躲在沙發底下。

葉梅桂跟牠說了很多好話，例如小皮剪完毛後好帥哦之類的話。

不過牠似乎並不怎麼相信。

「怎麼辦？小皮整晚都躲在沙發底下。」她問我。

『也許等牠的毛再長出來，就不會這樣了。』

「那要多久牠才會再長毛呢？」

『嗯……』我沉吟了一會,然後說:
『讓我也來寫點東西吧。』

我把小皮從沙發底下抱出,抓著牠的右前腳,在沙發上寫字。
寫完後,小皮變得很高興,在沙發上又叫又跳。
「你到底寫什麼?」
葉梅桂看到小皮又開始活潑起來,很高興地抱起牠,然後轉頭問我。

『紅塵輪迴千百遭,今世為犬卻逍遙。
難得六根已清淨,何必要我再長毛。』我說。
「你還是一樣無聊。」
她雖然又罵了我一聲,但聲音的表情,是有笑容的。

電視中突然傳出颱風動態的消息,我聽了幾句,皺起了眉頭。
『颱風?東北方海面?』我自言自語。
「怎麼了?有颱風很正常呀。」
『不,那並不正常。』我轉頭看著她,『侵襲台灣的颱風,通常在台灣的
  東南方或西南方生成。但是這次的颱風卻在東北方海面生成,這是非常
  罕見的。』
我想了一下,問她:『家裡有手電筒或是蠟燭之類的東西嗎?』
「沒有。」她笑了笑:「我不怕停電的。」

『我下樓買吧。』我站起身,也笑了笑:
『如果停電,妳晚上看書就不方便了。』
「停電了還看什麼書。」
『妳習慣很晚睡,萬一停電了,在漫漫長夜裡,妳會很無聊的。』

葉梅桂沒有回答，微微一笑，點了點頭。

我走到陽台，打開了門。
「柯志宏。」我聽到她在客廳叫我。
『什麼事？』我走回兩步，側著身將頭探向客廳。
「謝謝你。」葉梅桂的聲音很溫柔：「還有……」
『嗯？』
「已經很晚了，小心點。」

雖然葉梅桂只是說了兩句話，卻讓我覺得夜玫瑰的身上，少了兩根刺。

「以色列建國於沼地、沙漠之上，因此尋水便是人民生活中的
第一件大事。他們經常在荒漠中找尋水源，每當發現了水，
便狂喜歡呼地圍成一圈唱歌、跳舞。這是水舞的由來。」
水舞跳完後，學姐坐在廣場邊緣的矮牆上，聲音還有些喘息：
「Mayim就是希伯來語『水』的意思，所以水舞中會不斷叫著
Mayim。你們系上的學長常跳這支舞來求雨，很有趣。」

『學姐好像懂很多。』
「是你太混了吧。」學姐笑了起來，呼吸已恢復正常：
「水舞是流傳到台灣的第一支土風舞，你竟然不知道。」
『這……』我有些侷促不安：『我很慚愧。』
「我是開玩笑的。」學姐招招手，示意我也坐在矮牆上。
「因為我喜歡以色列的舞蹈，所以做了些功課。」

『學姐為什麼喜歡以色列舞？』我走到矮牆，坐在她的左手邊。
「以色列人非常團結，因此他們的舞蹈多半是手牽著手圍成一圈
跳的。套句你說過的話：所有的人圍成一圈，大家都踏著同一
舞步。」

學姐轉頭看了看我，嘴角似笑非笑：
「其實我和你一樣，也渴望一種歸屬感。」
學姐說完後，站到矮牆上仰視夜空，雙手用力伸展，深深呼吸。
而我聽完後，覺得很驚訝，但不敢問為什麼。

在夜空中，學姐一定是閃亮的星星；

而我卻覺得，我隱沒在那一大片的黑暗裡。

星星理所當然地屬於夜空，畢竟它們是視線的焦點；

只有黑暗，才會渴望被視為夜空的一部份。

所以我一直無法體會學姐所說，她也渴望著歸屬感的心情。

後來我才聽說，學姐是個孤兒。

「學弟，你知道我最喜歡哪一支舞嗎？」

我仰視著她，然後搖搖頭。

學姐從矮牆上，嘿咻一聲跳下。

「夜玫瑰。」學姐說。

那是我第一次聽到「夜玫瑰」這個名詞。

8

這個罕見的颱風名叫納莉，氣象局第一次發佈海上颱風警報的時間，
是 2001 年 9 月 8 日深夜 23 時 50 分。
然後在 9 月 10 日上午 9 時，解除了海上颱風警報。
但納莉並未遠去，在台灣東北方海面打轉了幾天後，突然調頭，
朝西南方直撲台灣。
9 月 16 日晚上 21 時 40 分，在台灣東北角，
台北縣三貂角至宜蘭縣頭城一帶，登陸。

當天是星期天，但老闆卻要求我們這組工作群要加班。
納莉颱風尚未登陸台灣前，雨已經下得不可開交。
「小柯，我到基隆河堤防去看看。」
傍晚六點多，疏洪道似乎在辦公室坐不住，起身跟我說。
『這時候去？有點危險吧。』
「雨下成這樣，我擔心基隆河水位會暴漲。我還是去看看好了。」
『我陪你去吧。』
「我會小心的。」疏洪道拿起雨衣：「有什麼狀況，我再通知你。」

因爲擔心疏洪道，所以過了平常的下班時間，我仍然留在公司等電話。
整個辦公室只剩下我一個人。
晚上八點左右，我在辦公室接到疏洪道的電話。
「小柯，基隆河水位已經超過警戒線了。」
疏洪道那端的聲音，還夾雜著猛烈的雨聲，和斷斷續續的風聲。
『你在哪裡？』我很緊張：『不要待在堤防邊，快回家！』
「你放心，我待會就回去。只是如果雨再這麼下的話，恐怕會……」

『會怎樣？』

「恐怕再幾個小時後，洪水就會越過堤防，流進台北市。」

疏洪道的聲音雖然冷靜，卻掩不住驚慌。

掛上電話，我連公事包也沒提，坐上計程車，直奔回家。

看了看錶，已經八點45分了，比我平常到家的時間晚了45分鐘。

雖然陽台上的燈是亮的，但我尚未脫去鞋襪，就先探頭往客廳。

葉梅桂不在。

『葉梅桂……』等了幾秒後，沒有回應。我再叫了聲：『葉梅桂！』

小皮懶洋洋地朝我走過來，我蹲下身摸摸牠的頭：

『小皮，你姐姐呢？』

牠一臉愕然，應該是聽不懂。

『小皮，Where is your sister？』我改用英文，再問一次。

小皮歪著頭，吐出舌頭。

我猛拍了一下自己的腦袋，我竟然忘了狗是聽不懂人話的。

我立刻轉身出門，坐電梯下樓。

推開樓下大門時，雨聲像是放鞭炮一樣，劈里啪啦。

我又拍了一下腦袋，因為我把雨傘隨手擱在陽台上了。

只好再坐電梯上樓，開門拿了傘，又衝下樓。

我先找葉梅桂的機車，發現它還停在附近，可見她沒騎機車出門。

所以人應該不會走太遠。

我先往巷口走去，但問題是，這裡的「巷口」有好幾個。

到底她是朝哪個方向呢？

我受過專業的邏輯訓練，所以會先冷靜，然後開始思考。
颱風天的雨夜，出門的原因？而且這個原因並不需要騎機車出遠門。

嗯，最大的可能，是走路去買東西。
好，假設她去買東西，會買什麼呢？
有什麼東西是馬上就得買而且不能拖延？
沒錯，一定是晚餐，或者是為了颱風天而準備的食物。

我找了所有的便利商店，和賣餐點的店與攤販，沒有發現。
這沒關係，因為找尋的過程中常會有不可抗拒的因素。
就像電影或小說情節中，男女主角常會莫名其妙地錯過一樣。

例如男主角在第一月台慌張地找尋；而女主角在第二月台無助地等待。
當男主角遍尋不著時，便匆忙往第二月台跑去；
而女主角等得心焦，卻決定走向第一月台。
只不過他們一個走天橋、一個走地下道，所以還是碰不著。
然後男主角應該會聲嘶力竭地大叫女主角的名字，但火車快進站了，
車站開始廣播的聲音淹沒了男主角的呼喊聲，所以女主角沒有聽到。
於是男主角低頭喘氣；女主角掩面嘆息。
當他們同時抬起頭抱著最後一絲希望準備往另一個月台找尋時，
視線正要接觸之前的一剎那，火車剛好進站，遮住了他們的視線。

所以我再找一遍，只不過這次的順序和上次相反，但仍然沒有發現。
嗯，沒關係，這應該是那種天橋與地下道形式的錯過。
我決定先回去，因為她可能已經買完東西回家了。
我放鬆腳步，慢慢走回七Ｃ。

陽台的燈亮著，小皮趴在地上睡覺，但葉梅桂還是不在。

我坐在沙發上，閉上眼睛，試著冷靜以便思考。
如果推翻掉她去買食物的最大假設，那麼第二個可能的假設是？
對了，應該是去租漫畫或小說。
也許她是那種喜歡在颱風天躲在被窩裡看書的人，我小時候也是如此。
睜開眼睛，葉梅桂習慣坐的沙發空著，而陽台外的風雨聲卻愈來愈大。
突然響起一陣雷，我整個人幾乎快從沙發上跳起來。
『傻瓜！租小說隨便挑幾本就好，幹嘛挑那麼久。』
我不禁罵了出口。

為了避免呼喊聲被廣播聲淹沒或是視線剛好被火車遮住的錯過，
我在茶几上留了一張字條，她只要坐在沙發上就可以看到。
字條上叫她打電話給我，然後留下我的手機號碼。
本來想再加上：小皮在我手上，不要報警，馬上帶兩萬塊來這些話，
但我實在沒心情開玩笑。
抓起傘，直奔這附近唯二的兩家租書店。

第一家租書店的人很少，我冒雨用力推開店門時，發出很大的聲響。
開門的聲音和從我身上滴落的水珠，吸引店內所有人的詫異眼光。
我只好硬著頭皮問店員小姐：
『請問剛剛有沒有一個女孩來租書？』
「什麼樣的女孩？」店員小姐離開電腦螢幕，反問我。
『就是……』
我突然詞窮，因為我不知道該如何形容葉梅桂的外表？
我甚至不知道她穿什麼樣的衣服。

『身高大概165公分，身材不算胖但也不瘦。黑色頭髮，頭髮不長
　也不短。沒戴眼鏡，臉看起來酷酷的，但其實心地很好。』
我想了一下，試著形容葉梅桂的模樣。
「這樣說好了。」店員小姐體貼地說：「你告訴我，她長得漂亮嗎？」

『嗯。她是漂亮的。』
「跟我比起來，如何？」
『天差地遠。』
「誰是天？誰是地？」
『她是天，妳是地。』
「我沒看到！」店員小姐把視線轉回電腦螢幕，開始裝死不理我。

我馬上又趕到第二家租書店，店員也是個小姐。
這次我先把身上的水甩乾，然後輕輕推門進去。
我很有禮貌地重複剛剛的問題，並再次描述葉梅桂的外表。
「她看起來多大？」店員小姐正在整理書櫃上的書，轉頭問我。
『大概二十幾歲吧，看起來很年輕。』
「那不就和我差不多年紀？」
『不，她年輕多了。妳看起來起碼三十幾。』
「我沒看到！」店員小姐用力把書插進書櫃裡，不再理我。

走出第二家租書店，路上已有幾處積水。
這代表市內的排水和抽水系統已開始超過負荷，無法迅速排除雨水。
但雨還是持續下著，不僅沒有停止的跡象，而且愈下愈大。
想到疏洪道說過的話，我不禁慌亂了起來。

從口袋裡拿出手機，電池還有電，收訊也正常，所以她應該還沒回去。
葉梅桂到底在哪裡呢？

不行，我要冷靜，我的邏輯思考一定有不縝密、不周到的地方，
我要做 Debug 的工作。
除了買食物和租小說外，她還會走出家門做什麼呢？
看了看錶，十點多了，她不會無聊到去逛街吧？
這不可能，一來她沒這個習慣；二來商店大多已打烊。
更何況現在還是風雨交加的颱風天。

啊！她可能同時買食物和租小說，一前一後，所以花的時間較久。
想到這裡，我又重新找了每一家賣食物的商店，和租書店。
還是沒有她的身影。
那兩家租書店的店員小姐，在我第二次進門時，還給了我白眼。

我已經無法靜下心來思考，只是不斷看著手機，留意它是否響起。
利用公共電話撥了通電話給自己，手機響了，表示我的手機沒問題。
其實我寧願發現是手機壞了，這樣就有她已回家卻聯絡不到我的可能。
難道她在走路時，不小心讓雨天視線不好、煞車又不靈的車子撞倒？
然後被送到醫院的急診室？
她可能還會用最後一口氣告訴醫生：
「請轉告柯志宏，他其實是一個很帥的男生。還有，我愛……」
我不能胡思亂想，這是英文老歌《Tell Laura I Love Her》的歌詞，
絕不會發生在葉梅桂身上。
她也不是這種人，不是這種會昧著良心說我帥的人，即使是快嚥氣時。

行人愈來愈少，商家一間間打烊，路上愈來愈暗。

原本在巷內活躍的那幾隻野狗，也因為大雨而不知道躲在何處。

這世界只剩下白茫茫的雨，和震耳欲聲的雨聲。

朦朧間，我彷彿看到大學時代跳土風舞的廣場，

還有那個躲在暗處的身影。

而廣場上的音樂正響亮地播放，漸漸蓋住了雨聲。

我就這樣佇立了良久，想回去，又怕回去。

因為如果回去時看不到葉梅桂，該怎麼辦？

我漫無目的地走著，不知道走了多久，等我醒來時，已到了捷運站。

原來我依著平常的習慣，左拐右彎，來到這裡。

沒有天橋與地下道的錯過，也沒有車站廣播聲淹沒我的呼喊，

更沒有剛好駛進車站的火車遮住我的視線。

我終於看到了葉梅桂。

葉梅桂站在騎樓下，手中拿著收好的傘，臉朝著捷運站出口處。

雖然我只看到她的右臉，但我敢拿我一年的薪水跟你賭，她是葉梅桂。

因為有些人你看了一輩子還是會對他的臉陌生；

但有些人你即使只是驚鴻一瞥，也絕不會認錯。

我腦海裡突然閃過一個影像，那是學姐第一次拉我走入圓圈時，

白色燈光映照下的，學姐的右臉。

我記得，那時候廣場上正要播放「田納西華爾滋」這首歌。

田納西華爾滋的旋律只在我腦海裡播放了幾秒，立刻被風雨聲打斷。

『葉梅桂。』我叫了聲。

她顯然沒聽見，沒有絲毫反應。

我走進騎樓內，收了傘，再叫了聲：『葉梅桂。』
她身體似乎震了一下，轉過身面對著我，滿臉疑惑。
是葉梅桂沒錯，可惜你沒跟我打賭。
『妳怎麼在這裡？』我問她。
「你從哪裡冒出來的？」她問我。

『不要待在外面，先回去再說。』我撐起傘，跟她招招手。
葉梅桂點點頭，也撐起傘。
我看了看錶，已經是11點了，黑暗的路上幾乎看不到半個人影。
風勢很強，雨傘隨時會脫手而飛出。
我走在她前面，頻頻回過頭，好像她會突然不見一樣。
終於回到樓下，收了傘，用鑰匙打開門。
大樓內一片光亮，我呼出一口氣，宛如重生。
然後我瞥見她的手裡除了拿著一把傘外，沒其他東西。

我按了一次「△」，等電梯下樓。
在等待電梯開門的空檔，我按捺不住好奇心：
『這種鬼天氣，妳到底出門做什麼呢？』
葉梅桂抬頭看著電梯門上的那一排數字，沒有說話。
『妳既沒買食物，也沒租小說，難道只是出來看風景？』
我愈想愈疑惑：『颱風天的風景真有那麼好看嗎？』
她聽完後，轉頭瞪了我一眼。
而她的臉，好像剛經歷了一場風雪。

電梯門開了，但她並沒有走進去的意思，只是瞪著我。
我被她的眼神與滿臉的冰霜凍僵，無法動彈，眼睜睜看著電梯門關上。

勉強伸出手指，我又按了一次「△」，電梯門再度開啓。

『上……上樓吧。』我說。

葉梅桂收回視線，快步進了電梯，然後將電梯門關上。

在我還沒進電梯之前。

我呆呆地看著電梯慢慢往上，停在「7」的位置。

然後我再按一次「△」，把電梯叫下來。

等我到七樓，出了電梯，打開門，進了七C。

陽台上的燈已經關掉，連客廳也是一片黑暗。

只有葉梅桂關上的房門下方，透射出一絲光亮。

我突然覺得好累，也不想多說些什麼，只想好好睡個覺。

進了房間，關上門，連衣服也沒換，隨手摘下眼鏡、

把口袋中的東西掏出後，就趴躺在床上。

半夢半醒間，我彷彿又回到以前跳土風舞時的廣場上，

聽見學長喊：「請邀請舞伴！」的聲音。

那時我會一直往後退、往暗處躲，直到最遠最黑的地方。

但我的眼睛，卻一直看著廣場中心正歡樂地跳舞的每一對男女。

我恍恍惚惚睡著了，直到手機的鈴響聲把我吵醒。

『喂。』我含糊地應著。

「你睡了嗎？」

『嗯。』

「對不起。」

『沒關係。有什麼事嗎？』

「你把這個號碼記下來吧。」

我看了看號碼，是個陌生的號碼。

『好吧。』我說。

「沒事了。」

『是嗎？』

「難道你還有事嗎？」

『是啊。』

「什麼事？」

『請問妳是哪位？』

「喂！」她突然喊了一聲，我也大夢初醒。

『葉梅桂，妳在哪裡？』我趕緊看了看手錶：『已經很晚了。』

「別擔心，我在客廳。」

我把眼鏡戴上，在床上坐起身，看到從客廳穿進我房門的光亮。

『喔。』

「我看到字條了。」

『什麼字條？』

「你留在茶几上的。」

『字很難看吧？』

「確實是不好看。」葉梅桂笑出聲。

「葉梅桂：看到此字條，不要再亂跑。請打我手機，我在外尋找。

　你這樣寫，好像在報紙上刊登警告逃妻的啟事哦。」

她一直笑著，我從沒聽見她這種咯咯的笑聲。

『有這麼好笑嗎？』

「是的。很好笑。」她又自顧自地笑了幾秒，笑聲停後，說：

「你真的在外面找我？」

『是啊。我下班回來時看不到妳，就跑出去找妳了。』

「嗯……」她似乎在電話那端想了一下：「你幾點回來？」

『八點45左右吧。我坐計程車回來的。』

「是哦，難怪我等不到你。」

『等？』

「嗯，我在捷運站等你。我沒想到你會坐計程車回來。」

『為什麼妳覺得我不會坐計程車？』

「因為你很小氣呀。」

說完後，她又是一陣笑聲。

『我急著回來，就坐計程車了。』我等她笑完，接著說。

「嗯。我開玩笑的，你不小氣。」

『妳一直在捷運站等？』

「我有回來一次。在陽台上叫你沒反應，我就去敲你房門，還是一樣
沒反應，所以我想你還沒回來。我沒再多想什麼，就又出門了。」

『那妳怎麼沒看到字條？』

「笨蛋，我根本沒坐下來，當然看不到茶几上的字條。」

『喔。原來如此。』

「你還有疑問嗎？」

『我可以問嗎？』

「當然可以。」

『妳為什麼要到捷運站等我？妳待在家裡也是可以等我啊。』

我問完後，電話那端傳來渾濁的呼吸聲，我暗叫不妙。

「不，我不是去等你。我是看颱風天風大雨大的風景很美麗呀，而且
　天色很黑、路上又淹水，我可以去看看你是不是被風刮下來的花盆
　和招牌打到呀，或是雨太大看不清楚路然後不小心掉到水溝裡呀。
　這麼好玩的事情，所以我要出門去看呀。這樣回答你滿意了嗎？」
她說話的聲音像是屋外正在下的大雨一樣，劈里啪啦、連綿不絕。

『那個……對不起。我不是這個意思。』
「那你是什麼意思？」
『我的意思是，颱風天風大雨大，妳待在家比較安全。如果妳在外面，
　我會擔心的。』
「你會這麼好心？」
『我是啊。所以我才到處找妳。』
「哼。」

我們同時沉默了下來。
沒想到我和她平常面對面說話時的習慣，竟和用手機交談時一樣，
說一陣、停一陣。
『對不起。』我終於先開口。
「幹嘛？」
『我不該說妳出門是因為想看颱風天的風景。』
「哼。」
『對不起。』
「說一次就夠了。」
『喔。』
我應了一聲，又開始沉默。

「幹嘛不說話了？」

『我不知道該說什麼。』

「你可以說你爲什麼要到外面找我呀。」

『因爲擔心妳啊。』

「爲什麼擔心我？」

『那是本能反應，並沒有太多的思考。就像妳問貓爲什麼看到老鼠時就會
　想抓，貓也是答不出來。』

「你老是舉奇怪的例子，這次我又變成老鼠了。能不能舉別的例子？」

『就像……就像錢不見了，當然會急著想把錢找回來。』

「好，很好。沒想到我竟然變成錢了。還有沒有？」

『沒……沒有了。』我好像聽到子彈上膛的聲音。

這次彼此沉默的時間更長了。

面對面說話時的沉默和手機中的沉默是不一樣的，

一個不用錢；另一個則要花錢。

時間果然就是金錢，尤其是對手機而言。

我很想提醒葉梅桂，電話是她打的，這樣會浪費很多不必要的錢。

但如果我好心提醒她，搞不好她會覺得我只是想掛電話而已。

「你幹嘛不掛電話？」

『喔，因爲我還在想。』

「你在想什麼？」

『我在想該如何把因爲擔心妳所以去找妳的心情，舉個好一點的例子
　說明，讓妳能夠體會。』

「你直接說就好，幹嘛老是想例子。」

『我可以直接說嗎？』

「廢話。沒人叫你拐彎抹角。」

『天已經黑了，風雨又那麼大，眼看洪水就要淹進台北市，我腦中第一個
　念頭，就是妳是否在安全的地方？所以急著坐計程車回來，只是想確定
　妳在家，而且平安。我不知道為什麼這是第一個念頭，但它就是在腦海
　浮現，我只是聽從它，沒必要研究它。我回來後發現妳不在，我只知道
　要找到妳，告訴妳外面很危險，然後帶妳回來。我怎麼會有心情去思考
　為什麼要出去找妳的理由呢？更何況妳又不笨，一定知道颱風天的雨夜
　街頭比充滿猛獸的叢林還可怕，所以妳沒事就會在家。但妳不在家啊，
　我當然是出去找妳，難道我可以在家安穩地看電視或睡覺嗎？妳老是要
　問我為什麼為什麼的，擔心還需要理由嗎？』
隨著屋外雨勢加大，我也愈說愈快，一口氣把話說完。

「嗯。我知道了。」隔了一會，葉梅桂說。
『嗯。』我也應了聲。
「柯志宏……」
『怎麼了？』等了幾秒，沒聽見她接著說，只好問她。
「在樓下坐電梯時，我不該對你那麼兇的。對不起。」
『沒關係。那是因為我說錯話。』
「我也是因為擔心你，才到捷運站等你。」
『嗯。我也知道了。』

所有的光亮瞬間熄滅，停電了。
「啊？停電了！」葉梅桂低聲驚呼。
『妳別怕。』我下了床，摸索前進：
『我有買一盞露營燈，我拿到客廳。妳等我。』

「好。」

我找到放在書桌旁架子上的那盞燈，電池我早已裝上。
我摸了一圈（是指那盞燈，不是指麻將），找到開關，打亮燈。
提著燈，打開房門，我走到客廳，把燈放在茶几上。
『很亮吧。』我站在她右手邊。
「嗯。」我不僅聽到她回答，還看到她點點頭。

「我們還需要拿著手機說話嗎？」
葉梅桂左手拿手機貼住左耳，右手指著我，笑著說。
『我無所謂。反正這通電話不是我打的。』我聳聳肩。
「喂！」她突然驚覺，立刻掛上手機。
我笑了笑，也掛上手機。

「爲什麼停電？」
『停電的原因有很多，不過我猜這次大概是水淹進變電所吧。』
我坐回我的沙發，嘆口氣說。
「爲什麼嘆氣？」
『沒什麼。』因爲我想到疏洪道的話。
如果他說得沒錯，洪水大概已經漫過堤防，淹進台北市了。

『妳明天不要出門了，知道嗎？』
「台北市已經宣布明天不上班上課了，所以我不會出門。」
『嗯。』
「反正我們現在有手機，我如果出門，你會知道我在哪裡的。」
『也對。不過沒事還是別出門。』

「嗯。」

葉梅桂叫了聲小皮,要牠坐在她左手邊的沙發。
於是小皮剛好在我跟她的中間。
她的身體略向左轉,低下頭,左手輕拍著小皮,似乎在哄牠睡覺。
鼻子還哼著一些旋律。
雖然屋外風大雨大,偶爾還傳來陽台上的花盆碰到鐵窗的聲音,
但客廳中,卻很寧靜。

我突然也想摸摸小皮,但我必須得伸直身子、伸長右手,才摸得到。
念頭一轉,身體不自覺地稍微移動一下,卻驚擾了客廳中的寧靜。
葉梅桂抬起頭,停止左手輕拍的動作,看著我,笑了笑。
「怎麼了?」她問。
『沒事。』我笑了笑。
「嗯。」葉梅桂收回左手,坐直身體。

『妳會累嗎?』
「不會。我還想看點書。」
『那妳看吧。』
「你呢?」
『反正明天不用上班,我坐在這裡陪妳。』
「唷,這麼偉大。」
『妳比較偉大。我今天中途回來看妳在不在時,還坐了一下沙發,再出去
　找妳。妳中途回來時,可是連沙發都沒坐就又出門了呢。』
　我說完後,葉梅桂笑了起來。

葉梅桂拿起手邊的書，就著那盞露營燈的光亮，開始看書。
四周一片黑暗，只剩那盞白色的燈光，映在她的臉上。
現在的她，很像是一朵在溫室中被悉心照顧的夜玫瑰，
於是有一股說不出的嬌柔，與嫵媚。

我閉上眼睛，想休息片刻，腦中卻突然響起田納西華爾滋這首歌。
還有學姐第一次帶我跳舞時，教我的口訣：
「別害怕、別緊張、放輕鬆、轉一圈……」
學姐的聲音還算清晰，雖然因為年代久遠而使聲音有點變質。
我已經好久沒聽見學姐的聲音在我腦海中縈繞了。
我幾乎又要被學姐帶動，順勢右足起三步、左轉一圈。
如果不是屋外突然傳來一陣響雷的話。

我睜開眼睛，發覺葉梅桂也正看著我。
「累了嗎？」她問。
我笑了笑，搖搖頭。
「累了要說哦。」
她的聲音很溫柔，眼神很嬌媚，依然是一朵盛開的夜玫瑰。

當我再度閉上眼睛時，學姐的聲音就不見了。

我對學姐所說的這支叫「夜玫瑰」的舞，非常好奇。
每當廣場上學長們要教新的舞時，我總會特別留意。
正確地說，那是一種期待。

我仍然保有碰到要跳雙人舞時便躲在暗處的習慣。
但學姐總能找到我，拉我離開黑暗，走向光亮，一起跳舞。
「學弟，我看到你了。你還躲？」
「不要裝死了，學弟。快過來。」
「哇！」有時學姐還會悄悄地溜到我身後，大叫一聲。
看到我因為驚嚇而狼狽地轉過身時，學姐總會咯咯笑個不停。
「想不到吧，學弟。這支是希臘舞，我們一起跳吧。」

有次剛跳完亞美利亞的「勇氣」時，
由於勇氣舞所需的均衡步（Balance step）動作較劇烈，
我不小心拉傷了左腿。於是離開廣場，想走回宿舍休息。
走了幾步後，回頭一看，學姐正慌張地四處找尋，
穿梭於廣場的光亮與黑暗之間。
最後學姐似乎放棄了，頹然坐在廣場邊緣的矮牆上。

『學姐。』我略瘸著腿走到她身後，叫了一聲。
她回過頭，若無其事地笑一笑，但眼神仍殘存著一絲悲傷：
「你這次躲在哪裡？害我都找不到你。」
學姐站起身，拉起我右手：
「這支是馬來西亞的惹娘舞。我們一起跳吧。」
我咬著牙，努力讓自己的腳步正常。

我記得那時學姐慌張找尋我的神情；
也記得我突然出現後學姐的笑容；
更記得學姐眼角淡淡的悲傷；
但卻不記得左腿拉傷的痛。

從此以後，雖然我仍無法大方地邀請舞伴跳雙人舞，
但我已不再躲藏。
因為我不想再看到學姐的慌張與悲傷。

我會試著站在廣場上光亮與黑暗的交界，盯著圓心。
學姐第一次遠遠看到我站在黑白之間時，立刻停下腳步。
她很驚訝地望著我，停頓了幾秒後，開始微笑。
然後一個學長走過去邀舞，學姐右手輕拉裙襬、彎下膝。
她走進圓心時，再轉頭朝我笑一笑。

那是我第一次站在圓圈外，仔細看著學姐跳舞。
學姐的動作既輕靈又優雅，舞步與節拍配合得天衣無縫，
而她的臉上，始終掛著笑容。

後來學姐不用再穿梭於廣場的光亮與黑暗之間找尋我，
她只要站在原地，視線略微搜尋一番，便能看到我。
看到我以後，她會笑一笑，然後向我招招手。
當我走到她身旁時，她只會說一句：
「我們一起跳吧。」

當然，有時在學姐向我招手前，會有人走近她身旁邀舞。
學姐會笑著答應，然後朝我聳聳肩、吐吐舌頭。

只有一次例外。
我記得那次剛跳完一支波蘭舞。
「請邀請舞伴！」學長的聲音依舊響亮。
我只退了幾步，便站定，準備純欣賞圓圈中的舞步。
「下一支舞……」學長低頭看了看手中的字條，再抬頭說：
「夜玫瑰。」

不知道為什麼，我聽到後的下意識動作，竟是走向圓心。

9

納莉颱風來襲那天的深夜，洪水終於越過基隆河堤防，流竄進台北。
一路沿著忠孝東路六段朝西狂奔；另一路則沿著基隆路往南衝鋒。
洪水兵分兩路前進，然後又在基隆路和忠孝東路路口會師。
兩軍交會處，衝激出巨大的波浪，瞬間最大水深超過兩公尺。
號稱台北最繁華的忠孝東路，一夕之間，成了忠孝河。
而忠孝東路沿線的地下捷運，幾乎無險可守，被洪水輕易地攻入。
於是以往是列車行駛的軌道，現在卻變成洪水肆虐的水路。
洪水最後淹進台北車站，吞沒所有地下化設施，台北車站成了海底城。
如果要坐火車，可能要穿著潛水衣並攜帶氧氣筒。

隔天一早，即使台北市沒宣布停止上班上課，我也無法上班。
因為沒有船可以載我到公司。
由於受創太嚴重，台北連續兩天停止上班上課。
從第三天恢復正常上班開始，我的生活產生了一個巨大的改變。
因為我已經無法從捷運站搭車上班了。
捷運站內積滿了水，光把水抽乾，就得花上好幾天。
如果要恢復正常通車，恐怕還得再等一兩個月的時間。

恢復正常上班前一天晚上，葉梅桂提醒我明天要早一點出門。
『要多早呢？』我問。
「大概比你平時出門的時間，早一個鐘頭。因為你要改搭公車上班。」
『早一個鐘頭？妳在開玩笑嗎？』
「我很認真。」她瞪了我一眼：「你不信就算了。」
『我當然相信妳說的話，可是提早一個鐘頭未免太……』

「未免太誇張。你想這麼說，對嗎？」

『是啊。這樣我豈不就要少睡一個鐘頭？這太不人道了。那妳呢？』

「我騎機車上班，所以沒多大差別。頂多提早10分鐘吧。」

『這不公平！我也要只提早10分鐘。』我站起身抗議。

「隨便你。」她將視線回到電視上：「反正我已經提醒過你了。」

『嗯，好吧。我提早15分鐘好了。』

她關掉電視，拿出一本書，開始閱讀，似乎不想理我。

『那20分鐘呢？』我再往上加5分鐘。

她又抬頭瞪我一眼，然後低頭繼續看書。

我到台北上班後，一直是搭捷運上下班，從來不知道塞車長什麼樣。

以前在台南時，常耳聞台北的塞車情況很嚴重；

可是也聽說自從有了捷運後，塞車情況已改善很多。

因此我很難想像為什麼我必須提早一個鐘頭出門。

我看了看葉梅桂，她應該不會開玩笑。

而且看她翻書的動作有些粗魯，應該是生氣我不聽她的話吧。

『我提早25分鐘好了。妳以為如何？』我試著跟葉梅桂說話。

她仍然沒反應，好像根本沒在聽我說話的樣子。

『30分鐘。』我圈起右手拇指與食指，豎起其餘三根指頭，指向她：

『就30分鐘。不能再多了。』

「你有病呀，又不是在討價還價。」她闔起書本，大聲說：

「我說一個鐘頭就一個鐘頭！」

所以我在睡前把鬧鐘往前撥了一個鐘頭。

可是當鬧鐘叫醒我時，我實在無法接受它這麼早就響的事實，
於是把它再往後撥一點……再往後撥一點……再往後撥一點……
直到我良心發現為止。

下了床，迷迷糊糊推開房門，發現葉梅桂也幾乎同時推開她的房門。
『早安。』我朝她問了聲好，這是我第一次在早上八點前看到她。
「不是叫你要提早一個鐘頭嗎？」
『因為……嗯……那個……』我很不好意思：『鬧鐘不太習慣我早起。』
「好。」葉梅桂用眼角瞄了我一眼：『很好。』
我遍體生寒，於是完全清醒過來。

我趕緊裝作一副很匆忙的樣子，也責罵了自己幾句，
因為我得讓葉梅桂感受到我不是故意不聽她的話。
出門前，按照慣例，我蹲下來摸摸小皮的頭：
『小皮乖，哥哥很快就回來了。』
小皮也按照慣例，咬著我的褲管不放。

葉梅桂看到我在陽台上跟小皮拉扯，不禁笑了出聲：
「牠每天都這樣嗎？」
『是啊。』我扳開小皮咬在我褲管的最後一顆牙齒，站起身。
「那你褲子會破哦。」
『是嗎？』我舉起左腳枕在右腿上，右手扶著牆壁，仔細檢查：
『哇！真的有破洞耶。』我數了一下：
『共有七個小破洞，排列形狀像天上的北斗七星喔。小皮真不簡單。』
「無聊。」她轉過身，繼續忙她的事。

『我走了，晚上見。』我摸摸鼻子，打開門。

「去吧。」葉梅桂的回答，很平淡。

我看了看錶，剛好八點正，比我平常出門的時間早了半小時。

『習慣也滿足相對論喔。』我覺得時間還早，於是話多了起來：

『習慣是相對的，不是絕對的。我以前八點20起床，八點半出門；今天
  卻是七點50起床，八點出門。絕對的習慣已改變，但相對的習慣並未
  改變，都是起床後10分鐘出門。』我嘖嘖幾聲：『我也不簡單。』

「你到底走不走？」葉梅桂冷冷放出一句話，好像在射飛刀。

『是。』我斂起笑容：『馬上就走。』

「喂！」葉梅桂突然叫了聲。

『怎麼了？』我收回跨出門外的右腳，走回陽台，探頭往客廳。

「你的公事包沒帶。」

『我那天急著坐計程車回來找妳，公事包放在公司，忘了帶回來。』

「哦。」她應了一聲，聲音轉趨溫柔：「以後別再這麼迷糊了。」

『嗯。我知道了。』

我轉身出門，又聽到她喂了一聲。

『還有什麼事嗎？』

「如果遲到了，別心急。」

『妳放心，我不會遲到的。』

「是嗎？要不要打賭？」

『好啊。如果我沒遲到，晚上妳要煮飯給我吃，還要洗碗。』

「不。如果你遲到了，我才煮飯。」

『這麼好？那我倒寧願遲到。』

「不管你寧不寧願，你鐵定會遲到。」

『如果我沒遲到呢？』

「那我晚上就煮麵。」

『妳……』我突然楞住，不知道該說什麼。

因為這表示，不管我遲不遲到，葉梅桂今天晚上都會煮東西。

原本我以為，夜玫瑰只會悄悄在夜晚綻放，不喜歡陽光。

沒想到在清晨，依然嬌媚如夜。

甚至在清晨陽光的照耀下，朦朧的夜玫瑰變得明亮而豔麗。

我終於看清楚夜玫瑰的顏色。

那是深紅色，而非我一直以為的暗紅色。

『謝謝妳。』我想了一會，只能笨拙地說聲感謝。

「不用道謝。快出門吧。」

『其實我有聽妳的話，只是我太貪睡了，所以一直把鬧鐘往後撥。』

「別說了，快走吧。」

『妳會不會覺得妳在以德報怨？或是有那種"我本將心比明月，
　奈何明月照溝渠"的感慨？』

葉梅桂突然站起身面對我，右手插腰、左手用力往左平伸：

「趕快給我出門！」

我飛也似的出門。

走到公車站牌，我終於瞭解為什麼要提早一個鐘頭出門的原因。

那裡擠了一大群人，好像今天搭公車既免費又會送一包乖乖。

我不能用「大排長龍」來形容等公車的人，因為根本沒人排隊。

每當有公車停靠時，所有人蜂擁而上，只等著最後一個人下車後，

便要搶著上車。

看過籃球比賽嗎？
在籃下禁區爭奪籃板球時，所有球員都會仔細盯著在籃圈跳動的球，
然後抓準時間、一躍而上，搶下籃板球。
等公車的人，就像在打籃球。

剛恢復上班、捷運又停駛，於是所有原先在地下行進的人群，
全部回到地面上。
台北市的公車調度，又無法及時疏散這群棄暗投明的人，
於是導致交通大混亂。
即使我好不容易擠上了車，但原先只要花我 7 分鐘的捷運旅程，
現在卻讓我在公車上待了 50 分鐘。
所以我今天的晚餐是吃飯，因為我遲到了 20 分鐘。

我在公司樓下的電梯門口，剛好碰到疏洪道。
「嗨！小柯。」疏洪道似乎很高興：「我們真是英雄所見略同啊。」
『已經遲到了，你怎麼還這麼高興？』
「我很久沒遲到了，快要忘了遲到時慌張的心情。今天正好可以趁這個
　機會重溫舊夢。」

我懶得理他，伸出右手食指想按「△」，他卻一把抓住我的右手。
『幹嘛？』我轉頭問他。
「慢著按電梯嘛。請再讓我享受一下遲到時的心情吧。」
『喂！』我趕緊伸出左手，他又立刻抓住我的左手。
結果我們一拉一推，好像在電梯門口打太極拳。

原本我只應該遲到20分鐘，卻變成30分鐘。

本來我們是可以偷偷溜進辦公室的，但疏洪道在剛進辦公室時大喊：
「大家好！我們遲到了。」
聞聲而來的老闆，走過來對我們精神訓話一番，並曉以大義。
後來聽說當天公司有很多人遲到，只是我和疏洪道遲到最久而已。
所以老闆重複了他的演講好幾遍。

今天辦公室討論和閒聊的話題，都圍繞著台北市的淹水打轉。
大約在11點，老闆召集我們這個工作小組開會。
我們這個工作小組除了主管、我、疏洪道外，還有兩個男同事，
以及口紅的顏色會讓人誤以為中毒的李小姐。

會議的重點在討論為什麼台北會發生這麼嚴重的淹水？
由於我是裡面最年輕、資歷也最淺的人，再加上我對台北並不熟悉，
所以我大部分的時間是扮演聽眾的角色，偶爾寫點筆記。
直到老闆突然說了一句：
「我們該慶幸納莉颱風的來襲，因為它讓我們公司多了很多事可做。」
我聽到後，握筆的手因為有點生氣而激動，不禁略微顫抖。
「小柯。」老闆問我：「你有什麼意見嗎？」
『颱風帶來水災，我們怎麼能說慶幸？』我說。

老闆笑了笑，放下手中的資料，往後靠躺在椅背上，問我：
「如果沒水災，你怎麼會有工作呢？」
『如果你是醫生，你會希望常有人生病，所以才能看病賺大錢？』
「沒人生病的話，醫生要怎麼賺錢過日子？」

『因為有人生病，所以才需要醫生。但不是因為一定要讓醫生存在，所以希望疾病不斷發生。有因才有果，不能倒果為因。』

「喔，是嗎？起碼水災可以讓水利工程受重視吧？」老闆又笑一笑：「台灣一向不重視水利工程，你不覺得如果常發生水災，水利工程就會更受重視、水利工程師的地位也會更高？」
『水利工程存在的意義，不在於被重視。』我放下筆，站起身說：
『而在於被需要。』

我說完後，會議室內的空氣好像凝結，所有的聲音也突然靜止。
「好，既然你說了『需要』這種東西，那除了硬體的防洪工程設施和河道的治理計畫外，你認為防洪還需要什麼？」
老闆坐直身子，離開椅背，雙目注視著我。
『一套完整的洪水預報與防洪預警系統。』我回答。
「可以請你具體說明嗎？」
『嗯。但我學藝不精，如果有疏漏或錯誤，還請各位先進指正。』
「快說吧。」老闆顯然有點不耐煩。

這個問題很複雜，因為「預報」的不確定性很大。如果要建立完整的預報系統，從氣象局開始發佈颱風警報時，就該密切注意颱風路徑。依據預測的颱風路徑、氣壓場與風場，由外海開始進行波浪演算，推估淡水河口的暴潮位。再由預測的降雨量，計算河道流量，並考慮排水系統排入河道與抽水站抽水入河道的流量。由於淡水河系包括淡水河、基隆河、新店溪、大漢溪等河流，因此必須做整個河系的洪流演算，推估沿河各橋樑及人口稠密區附近的水位。而上游的翡翠水庫萬一得洩洪，也應加入演算，避免造成下游洪峰水位過高，因此需有最佳洩洪策略。預報一定會不準，所以

要利用最新的觀測資料，隨時修正與更新計算結果。台北都會區屬於盆地地形，洪水宣洩不易，易導致洪水位快速上升，因此更應爭取較多的防洪處理時間。另外，電子媒體報導不應只將焦點鎖定在災情多嚴重和降雨量多大，應配合預報結果，提醒民眾該疏散，與疏散到何處的資訊。總之，必須爭取更多的反應時間，以減少人命傷亡和財物損失。

「你的意思是，時間是非常重要？」老闆聽完後，問我。

『以防洪預警的角度來說，是的。』

「那你今天為什麼遲到半個小時？」

『這是因為……』

「你無法估計因捷運停駛而改搭公車所增加的時間，是嗎？」

『是的。』

「那麼對於整個預報系統的不確定性，你又如何估計呢？」

『這個我會估計。』

「你要我相信一個遲到、對時間沒概念的人，能夠幫我爭取到更多防洪
　預警的時間？」

我一時語塞，低下頭，不再說話。

開完了會，我心情很鬱悶。

雖然知道不能估計今早上班所需增加的時間，跟防洪預警並無關連，

但我心裡仍覺得有些慚愧，還有一些尷尬。

好像念小學時被老師叫起來回答問題，結果卻答錯的尷尬。

本來沒心情吃午飯，但疏洪道還是硬拉我陪他吃飯。

「小柯，我請你喝杯咖啡。」吃完中飯，疏洪道說。

我們走到一家咖啡連鎖店，剛好店裡正舉行週年慶，推出一種新咖啡。

由於新咖啡是特價，我和疏洪道各點了一杯。

「這家店眞是好心。」疏洪道喝了一口後說。

『哪裡好心了？』

「這麼難喝的咖啡，幸好一年只推出一次，如果天天喝到還得了？」

他又要開始講冷笑話，我寧可專心喝難喝的咖啡。

「你知道爲什麼你和老闆會格格不入嗎？」他突然轉頭問我。

『爲什麼？』

「因爲你今天穿藍格子襯衫啊。」

『嗯？』

「藍格子襯衫看起來不就是格格 blue 嗎？」說完後，他又哈哈大笑。

我繼續喝咖啡，裝死不理他。

「小柯，說眞的。剛剛開會時，你講得很好。」

『眞的嗎？』

「你的觀念很完整，我算是增長了見聞。所以我該謝謝你。」

『喔？不客氣。我只是紙上談兵而已。』

「唷！這麼謙虛喔。」疏洪道拍拍我肩膀：

「我想問你，淡水河口的暴潮位推估，爲什麼也包括在預報系統中？」

『洪水預報主要根據降雨預報而來。有了降雨量，可換算成河道的流量與
　水位，便知道堤防安全性。對堤防的設計流程而言，是先由頻率分析，
　比方說先推估一百年頻率的降雨量，再換算成一百年頻率的洪水，然後
　才設計可抵禦一百年頻率洪水的堤防高度。』

我喝了一口咖啡，繼續說：

『但颱風的風場和氣壓場會造成河口的暴潮，這種暴潮位遠比平時的海水

潮位高。而海水沿著淡水河溯行，可到達基隆河的汐止附近，因此更會
抬高河水水位。即使颱風並未在上游帶來太大的降雨量，仍有可能因為
下游暴潮位的影響，洪水會越堤氾濫。』

「那翡翠水庫的洩洪呢？」疏洪道又問。
『首先要釐清，水庫對防洪一定是正面的貢獻。有水庫在上游，便會吃下
　很多原本該流入下游的水。但水庫絕不允許吃得太滿，否則一旦潰壩，
　可能淹沒大半個台北。所以當水庫吃不下太多的水時，便要洩洪。萬一
　要洩洪，如何調配洩洪量，就是學問。舉例來說，一百塊分三天花完跟
　一天花完並不一樣。即使同樣三天花完，到底是花 50、 30、 20，
　還是 40、 20、 40，也不相同。』

「喔。」隔了一會，疏洪道應了一聲，然後站起身說：
「走吧，該回去上班了。不然老闆又要說：你們喝咖啡就多花十分鐘，
　又怎麼能為防洪預警多爭取十分鐘呢？這種邏輯好像是只要你家發生
　過火災，你就沒資格當救火員一樣，都很白爛。」
疏洪道的神情似乎很不以為然。

我知道疏洪道是在安慰我，所以下午上班的心情便不再那麼悶。
但我不經意地，還是會回想起以前在台南工作的時光。
當初應該多待在台南一段時間的，也許還有別的工作機會。
如今覺得現在的辦公室好大好大，自己相對地變得非常渺小。

下班後仍然坐公車，不過我下班的時間比一般的上班族晚，
因此路上不怎麼塞車，我只在公車上待了 20 分鐘。
下車後回去的路上，看到幾個快兩層樓高的垃圾堆，

堆滿了泡過水的傢俱等雜物。

很多商店門口擺著抽水機，引擎聲達達響著，正努力把屋內的水抽乾。

我是學水利工程的，當然知道洪災只能減少，不能完全減免。

但洪災後的景象是如此怵目驚心，我不禁有些罪惡感。

回到七Ｃ，打開了門，一陣飯菜香味撲鼻。

「你回來了。」葉梅桂在廚房，背對著我說。

『嗯。』我癱坐在沙發上，渾身無力。

「飯快煮好了。」

『飯？妳怎麼知道我會遲到？』

「廢話。我起床後看見你還沒出門，就知道了。」

『妳好厲害。妳應該來做水利工程，妳對時間的估計比我強得多。』

「你在胡說什麼。」她轉過頭：「快來幫我把菜端到客廳。」

葉梅桂把最後一道菜端到客廳，然後坐了下來，說：

「我們一起吃吧。」

我本來伸手想拿碗筷，聽到這句話後，動作突然停止。

『妳能不能再說一遍？』

「幹嘛？」

『就剛剛那句話啊。』

「好話不說第二遍。」她瞪了我一眼：「快吃飯吧，少無聊了。」

我不是無聊，只是突然又想起學姐。

以前在廣場陰暗的角落裡，學姐總能以一句：「我們一起跳吧。」

把我帶離黑暗。

如今，葉梅桂一句：「我們一起吃吧。」

竟然也有異曲同工之妙。

「今天又挨罵了吧？」葉梅桂看著我，問了一句。
『算是吧。』
「我就知道。」
『妳好像什麼都知道。』
「當然。」她拿筷子指著我的臉：「都寫在你的臉上了。」

『是嗎？』我摸摸臉頰：『我的臉寫著：我又挨罵了？』
「不。上面寫著：我不聽人家勸告，所以遲到挨罵是活該。」
『妳哪是勸告？那叫警告。』
「是嗎？」她放下筷子：「你可以再說一遍。」
『是勸告，是勸告沒錯。』
我扒了一口飯，專心夾菜。

我們安靜了下來，不再繼續交談，連筷子也不曾交錯。
快吃飽時，葉梅桂喂了一聲，我才轉頭看著她。
「報上說，台北市的堤防可抵禦兩百年的洪水。」葉梅桂開了口。
『喔。』
「那為什麼這次淹水這麼嚴重呢？」
『我怎麼知道。』
我又低下頭吃飯。

「喂！」葉梅桂突然喊了一聲。
『幹嘛？』我咬著筷子，看著她。
「我在問你呀。」

『爲什麼要問我？』

「你是學水利工程的，不問你，難道去問租書店的小姐嗎？」

『不要亂問租書店的小姐，她們的脾氣不太好。』

「你到底說不說？」

『等一下妳洗碗，我就說。』

「那算了。」她轉過頭，不再理我。

『妳知道李白嗎？』我試著開口，不過她沒反應。

『妳知道李白有一首詩叫《將進酒》嗎？』她還是沒反應。

『將進酒裡面不是有一句：黃河之水天上來？』她依然沒反應。

『妳知道李白爲什麼要這樣說嗎？』

「你到底想說什麼？」她終於有反應，不過卻是瞪我一眼：

「把話一次講完。」

『喔。我是想問妳知不知道爲什麼李白說：黃河之水天上來？』

「黃河發源於青海的巴顏喀拉山，海拔超過4500米，所以李白才會說
　黃河的水好像從天上來的一樣。」過了一會，她回答。

『只是這樣嗎？』我放下碗筷，再問：

『中國著名的大江大河也通常發源於高山上，爲什麼李白不說：
　長江之水天上來？他看不起長江嗎？』

「好，那請『您』告訴我爲什麼。小女子洗耳恭聽。」

『不敢不敢。』我說完後，就閉上嘴。

「快說呀！」

『我說過我不敢了啊。』

「喂！」她也放下碗筷：「你再不說，我叫小皮咬你。」

『好，我說。』我先看了看小皮，對牠笑一笑，然後說：

『因為黃河泥沙量很大，河床常會淤積，水位便跟著提高，所以兩岸
　的堤防必須不斷加高才能抵禦洪水。由於河床不斷淤積，有時甚至
　河底竟然比路面還高。妳想想看，如果河底比地面還高，那麼遠遠
　望去，不就會覺得河水好像在天上流動？』

「哦。所以李白才說：黃河之水天上來？」葉梅桂點點頭。

『嗯。李白不愧是偉大的詩人，這詩句的想像力和創造力都很棒。』

「那這跟台北市的淹水有關嗎？」

『基隆河流域近四十年來，兩岸土地過度開發利用，河道也呈現淤積
　現象，河床已經抬高了。』

「是嗎？」

『嗯。而且台北的防洪計畫是在 1964 年所草擬，距今已快四十年。這
　四十年來台北快速發展，很多地方原先是土地，現在卻變成高樓。
　四十年前的一場雨，如果下在今日，所造成的河道流量並不一樣。』

「哪裡不一樣？」

『簡單地說，即使是同一場雨，現在的河道流量卻會比以前大得多。』
我頓了頓，接著說：『而且，洪水也會來得更快。』

「所以呢？」

『所以當初設計可以防範兩百年頻率洪水的堤防高度，現在可能只剩
　五十年不到。台北市的堤防安全性，並沒有妳想像得那麼高。』

「那該怎麼辦？」

『可以適度加高堤防，但一味地加高堤防不是治本之道。應該要治理
　基隆河，並限制土地過度開發利用，不要再與河爭地。另外，開闢

　一條疏洪道，分散基隆河的洪水，也是可行的方法。不過這個方法
　可能會很耗金錢，工程也不容易進行。』

「多設抽水站不行嗎？」她想了一下，又問。
『抽水站通常設在堤防邊，把市區內所淹的水抽到河道內排掉，所以
　對於防範市區淹水而言，抽水站當然有功用。但也由於抽水站不斷
　把水抽入河道內，無形中卻加重了河道的負擔。』
我頓了頓，再轉頭問她：
『如果洪水不大，抽水站當然應該迅速將市區的水抽到河道內排掉，
　以避免市區淹水。但如果遇到大洪水時，河道的水位已滿，抽水站
　又該把水抽到哪裡去呢？』
「所以關鍵還是在基隆河本身嗎？」
『嗯。』我點點頭。

「那該怎麼治理基隆河呢？」
『這我就不知道了。』
「為什麼？」
『因為在台灣治理一條河流，有時不是工程問題，而是政治問題。
　妳該去問偉大的政治家，而不是問我這種常遲到的小工程師。』
她聽完後，似乎有點疑惑，低下頭，沒有說話。

『不過往好處想，搞不好千百年後，“基隆河水天上來”會成為有名的
　詩句呢。』我笑著說。
「你還好意思幸災樂禍？」她抬起頭，瞪我一眼。
『對不起。我不該亂開玩笑。』
「別忘了，你現在也住台北，不是在台南。」

『可是……』我嘆了一口氣：『也許我應該回台南。』

「怎麼突然想回台南？」

『沒什麼。說說而已。』

她看了我一眼，沒有追問。

她站起身，開始收拾碗盤，往廚房端，並扭開水龍頭。

『讓我洗碗吧。』我跟著走到廚房。

「不用了。」她轉過頭：「你一定笨手笨腳的。」

『妳猜對了。』我笑了笑。

我站在葉梅桂的身後，一動也不動，看著她洗碗。

她洗完後，把手擦乾，回過頭看見我站在她身後。

「幹嘛？洗碗有什麼好看的。」

『我只是想幫忙，又不知道如何幫而已。』

「哼，才怪。」說完後，她又坐回她的專屬沙發，打開電視。

我也回到我的沙發。

「你心情好點了嗎？」葉梅桂眼睛看著電視，問我。

『心情？我心情沒有不好啊。』

「心情好就好，不好就不好。有什麼好隱瞞的。」

『剛回來時心情確實不好，不過聽到妳說了那句話後，心情就好多了。』

「哪句話？」

『就是……就是妳說“好話不說第二遍”的那句。』

「哦。」她應了一聲。

「你心情不好是因為遲到挨罵？」

『也……算是吧。』

葉梅桂的視線離開電視，看著我：「到底發生什麼事？」

我看了看她，她的眼神是溫柔的。

所以我把今天在會議室跟老闆的對話，大致跟她說了一遍。

「哦。」聽完後，她又應了一聲。

「你是不是說了你應該說的話？」葉梅桂關掉電視，問我。

『是啊。』

「你是不是做了你應該做的事？」

『是啊。』

「那你就不必心煩了。」

『嗯。』我應了聲。

「就像路上的紅綠燈一樣，該亮紅燈就紅燈、該亮綠燈就綠燈。總有一方
　通行，另一方被阻止。如果你亮了紅燈，當然會被趕時間的人所討厭，
　但你只是做你該做的事情呀。總不能爲了討好每一輛車子，於是一直亮
　綠燈吧。」

『喔。謝謝妳，我知道了。』

「記住，該亮紅燈時就要亮紅燈。」

『那我現在可以亮紅燈嗎？』我想了一下後，問她。

「當然可以呀。」

『剛才魚湯的味道很奇怪，不好喝。』

「你再說一遍。」葉梅桂坐直身子，注視著我，好像想闖紅燈。

『但是口味獨特，別有一番風味。』我趕緊亮綠燈。

「哼。」

葉梅桂拿起書,開始閱讀。

我陪她坐了一會,直到想回房間整理一下從公司帶回來的資料。

『我先回房間了。』我站起身。

「嗯。」

我走了幾步,葉梅桂的聲音在我背後響起:「柯志宏。」

『什麼事?』我停下腳步。

「我們一起吃吧。」

葉梅桂說完後,嘴角只掛著淺淺的笑。

『嗯。』

而我卻是笑得很開心。

心情一鬆,提著公事包的右手也跟著鬆,於是公事包從我手中滑落。

我朝圓心走了兩步後，便停住腳步。
因為我發覺學姐正站在廣場的圓心處。

「我們請意卿學姐和木瓜學長教我們跳這支『夜玫瑰』。」
總是開口要我們邀請舞伴的學長又說了這句話。
我才知道，學姐今天要教舞，而且是夜玫瑰這支舞。

我根本不在乎木瓜學長是誰。
甚至忘了他是叫木瓜？西瓜？還是哈密瓜？
我的視線，只專注於學姐身上。
今天的學姐很不一樣，頭髮似乎刻意梳理過。
而以往的素淨衣衫，也換上一身鮮豔，出現了難得的紅。
我第一次看到這樣的學姐，不禁呆呆地望著，動也不動。

等我回神時，人群已慢慢圍成兩個圓圈，男內女外。
男女面朝方向線，並肩站著。雙手下垂，沒有牽住。
我趕緊往後退幾步，離開這支舞。

學姐很細心地解說這支舞，示範的舞步也故意放得很慢。
我很努力地記下學姐的每一句話，和每一個動作。
武俠小說中，師父臨終前總會將畢生武學，以口訣傳給徒弟。
我就像那個徒弟一樣，用心記住每一句口訣。

外足交叉於內足前（舞伴相對）、內足原地踏、
外足側踏（面轉朝方向線）、停。

內足交叉於外足前（舞伴背對）、外足原地踏、
內足側踏（面轉朝方向線）、停。
從這支舞的前八拍開始，我便把舞步當公式般熟記。

學姐教完後，朝收音機的方向點點頭。
等待音樂響起的空檔，學姐微笑地交代：
「這是戀人們所跳的舞，所以任何踩踏的舞步都要輕柔，
千萬不要驚擾了在深夜獨自綻放的玫瑰哦。」
然後音樂響起：

「玫瑰花兒朵朵開呀　玫瑰花兒朵朵美
玫瑰花兒像伊人哪　人兒還比花嬌媚
凝眸飄香處　花影相依偎
柔情月色似流水　花夢託付誰」

夜玫瑰的舞步其實不難，都很基本而簡單。
無論是藤步、疊步，還是葉門步。
只是男女必須不斷移位，時而面對、時而背對、時而並肩。
偶爾還要自轉一圈。
音樂準備進入「凝眸飄香處」時，男女才牽著手。

如果把男女在廣場上的舞步軌跡，畫成線條的話，
那麼將可以畫出一朵朵玫瑰花。
而學姐所在的圓心處，便是那朵綻放得最嬌媚的玫瑰。

我終於知道，夜玫瑰不僅是一首歌，也是一支舞，
更是學姐這個人。

如果喜歡一個人跟火災現場一樣，都有個起火點的話，
那麼，這就是我喜歡學姐的起火點。
然後迅速燃燒，一發不可收拾。

「柔情月色似流水，花夢託付誰……」
音樂結束。

10

有了那天的遲到經驗，我早上被鬧鐘叫醒時，便不再跟周公拉拉扯扯。
即使周公拉住我衣袖，希望我多停留幾分鐘，我也會一腳把他踹開。
就這樣過了幾天，台北市的公車調度逐漸習慣我們這群搭公車的人。
而路上雖然也會塞車，但已經沒有那天嚴重。
經過幾天的適應後，我發覺如果我和葉梅桂同時起床，
那麼我起床後 15 分鐘，就是我出門上班的最佳時機。

我會比她早出門，所以我出門前除了要跟小皮說一句：
『小皮乖，哥哥很快就回來了。』
還會跟她說一句：『我走了，晚上見。』
而且得先跟葉梅桂道別，再跟小皮道別，順序不可對調。
否則我會看到夜玫瑰的刺。

我和葉梅桂都培養了一個新習慣，維持這種習慣下的出門上班模式。
唯一貫徹始終、擇善固執的，是小皮咬住我褲管的習慣。
牠咬住我褲管時，也依然堅忍不拔。
而葉梅桂總是幸災樂禍地看著。

但今天要出門上班時，小皮剛湊近我左腳，便往後退。
有點像是吸血鬼看到十字架。
我很好奇，不禁低頭看了看我左腳的褲管，彷彿看到黃色的東西。
我又將左腳舉起、枕在右腿上，右手扶著牆壁，再仔細看一遍。
『哇！』我嚇了一跳，低聲驚呼。
然後我聽到葉梅桂在客廳的笑聲。

『這是妳做的嗎？』我舉起左腳，指著褲管，問她。
「是呀。很漂亮吧。」葉梅桂的笑聲還沒停。
『這……』
我不知道該說什麼，因為我的褲管縫了七個小星星。
七個黃色的「★」鑲在黑色的長褲上，雖然很靠近褲子底部，
但如果仔細看，還是很明顯。

「你不是說那七個小破洞的排列形狀，很像天上的北斗七星嗎？」
葉梅桂終於忍住笑：「所以我幫你縫褲子時，就縫上星星了。」
『妳什麼時候縫的？』
「昨天晚上，你睡覺以後。」她又笑了起來：
「我看到你的褲子晾在屋後的陽台，就拿下來縫。縫完後再掛回去。」
『妳為什麼要幫我縫褲子呢？』
「小皮咬破你褲子，我有責任幫你補好呀。」

我又低頭看了一眼，褲子上的星星。然後說：
『可是縫成這樣，會不會太……』
「怎麼樣？縫的很難看嗎？」
『這不是好不好看的問題，而是……』
「而是什麼？」她板起臉：「如果你不喜歡，我拆掉就是。」
『這也不是我喜不喜歡的問題，而是……』
「幹嘛？不高興就直說呀。」
葉梅桂哼了一聲，便轉過頭去。

『我不是這個意思。』我趕緊搖搖手：

『我只是擔心，我穿著這件褲子，會不會太時髦了？』
「才縫七顆小星星而已，有什麼時髦的。」
『可是縫得巧奪天工啊，幾可亂眞耶。』
「亂眞個頭。」
『唉。』我嘆了一口氣：『我很擔心。』
「擔心什麼？」
『我怕會帶動台北市的流行，大家都要穿這種北斗七星褲。』

她又哼了一聲，然後說：「你少無聊。還不趕快去上班。」
『說眞的，這條褲子看起來很酷。』
「不要廢話，快去上班！」她提高了音量。
『喔。那我走了。』我打開門，走出門兩步後，又回來探頭往客廳：
『如果有人問我這麼時髦的北斗七星褲在哪裡買，我該怎麼回答？』
「你再不走，我會讓這些星星出現在你眼中。」葉梅桂站起身。
我迅速開門、離開、關門、鎖門，動作一氣呵成。

站在公車上，我覺得有些不自在，很怕別人朝我的褲子盯著。
我將右足交叉置於左足前，遮住那些星星。
要下車時，不自覺地想以這種姿勢，走跳著下車。
我才驚覺，這是以前跳土風舞時的基本舞步啊。
在夜玫瑰這支舞中，音樂走到「凝眸飄香處」時，便是這麼跳的。
我還記得學姐那時的眼波流轉。

我竟然在早晨擁擠的公車上，想到了土風舞的夜玫瑰，
和學姐的夜玫瑰。
這幾乎讓我錯過了停靠站。

我慌忙下了車，站在原地，將腦中的夜玫瑰影子清除完畢。
再走進公司上班。

納莉颱風走後，我的工作量很明顯地多了起來。
即使在吃午飯時，也常和疏洪道邊吃邊談。
疏洪道寫了一個小程式，模擬洪水在都市內漫淹的情況。
當水深超過一公尺時，還會有聲音出現：
「媽呀，水淹進來了，快逃啊！」
「大哥，你先走吧。請幫我照顧小惠和小麗，小玲就不用理她了。」
「洪水呀，你太無情了。比拒絕跟我看電影的女生還無情啊！」
很無聊的音效，但疏洪道顯然很得意。

我則收集河道、堤防、抽水站和市區的下水道等資料，
試著研究出一套能夠迅速將洪水排掉並避免市區淹水的策略。
原本下班的時間也應該延後，但我寧可把公事包塞得飽滿，
將資料帶回家再處理，也不想改變我下班的時間。
因為我知道，陽台上總會有盞燈在等我。

很奇怪，當我在公司裡，即使腦海中塞滿一大堆方程式和工程圖，
我仍會不小心想到葉梅桂。
有時甚至還會抽空，故意想起葉梅桂。
我不知道為什麼會這樣，我只知道這樣可以讓我放鬆。

我攤開一張印著計算結果的報表，上面只有一大堆數字。
而這些數字像剛漫過堤防的洪水一樣，
把我每一條腦神經當成都市中交錯複雜的道路，四處流竄。

我正準備故意想起葉梅桂來轉換心情時，手機響起。

「方便出來一下嗎？我在你們公司樓下。」是我大學同學的聲音。
『可以啊。不過你要幹嘛？』
「給你一張餐廳的優待券。」
『這麼好？什麼樣的優待？』
「兩人同行，一人免費。」

『喔？』我想了一下：『那我不需要。我不知道要找誰吃飯。』
「你會需要的。」
『你怎麼知道？』
「我爺爺告訴我的。」
『喂！』我大叫一聲，引起同事們側目，我趕緊壓低聲音：
『不要開這種玩笑。』
「我沒開玩笑。下樓來拿吧。」說完後，他掛上電話。

我下了樓，在大門口看見我朋友。他一看到我，就給了我一張優待券。
『你怎麼會有這張？』我指著手中的優待券。
「我昨晚去這家餐廳吃飯，他們說我是餐廳開幕後，第一百位打著領帶
　去吃飯的人，就給了我這張優待券。」
『這家餐廳你常去嗎？』
「我昨晚第一次去。是我爺爺在夢中告訴我說……」
『可以了，真的可以了。』我趕緊摀住他的嘴巴，不敢再聽下去。

『那我回去上班了。』過了一會，我放開摀住他嘴巴的手。
「你有空要找我，別老是沒消沒息的。」

『工作忙嘛，改天找你吃飯。』

「我跟你當朋友這麼久，你從沒主動找我吃飯喔。」他笑了幾聲。

『是嗎？』我也笑了笑：『看來"改天找你吃飯"只是我的口頭禪。』

「好吧。你回去上班，我也該走了。」他走了兩步，回過頭：

「記得要去吃喔。」

『會啦。』我向他搖了搖手中的優待券：『吃飯怎麼會忘記呢？』

送走朋友後，我慢慢走回去。

當我走進電梯，正準備按「7」這個數字時，手指突然在空中停頓。

是啊，我當然不會忘記吃飯；

但是我竟然忘了，我跟葉梅桂說過，要請她吃飯的事。

我趕緊從快要關上的電梯門，閃身而出，在電梯口撥手機給葉梅桂。

『喂，葉梅桂嗎？』

「是呀。幹嘛？」

『我晚上請妳吃飯，有空嗎？』

「為什麼請我吃飯？」

『因為……那個……我上次說過要請妳吃飯的。』

「上次？」她哼了一聲：「八百年前的事也叫上次？」

『不好意思。我竟然忘了，所以拖了這麼久。』

「那你今天怎麼會突然想起來？」

『因為有人送我一張餐廳的優待券。』

「是哦。所以如果別人沒送你優待券，你就會一直忘記？」

『應該……應該是不會啦。』

「應該？」她又哼了一聲：「那表示你還是有可能會忘記。」

『從機率學上來說，是有這種可能。』

「很好。」她的呼吸聲音變重：「那我今晚跟你吃飯的機率就是零。」

然後電話就斷了。

我很懊惱又惹她生氣，呆立了一會，才轉身搭電梯上樓。

進了辦公室，坐回我的座位，椅墊尚未坐熱，手機又響起。

「喂！」是葉梅桂的聲音。

『怎麼了？』

「聽到電話突然斷掉，你都不會再打來嗎？」

『不是妳掛斷的嗎？』

「是呀。但你還是應該再打來問為什麼的。」

『喔。那妳為什麼掛電話呢？』

「因為生氣呀。」

『喔，我知道了。對不起。』

「知道就好。」

『嗯。』

然後按照慣例，我們又同時沉寂。

「喂！」

『幹嘛？』

「我剛剛只說今晚不跟你吃飯，沒說明晚不行。」

『那明晚可以嗎？』

「可以呀。」

『好啊。那明天見。』

「笨蛋，你今天不回家的嗎？我們今晚就可以見到面了。」

『我真糊塗。』我笑了幾聲：『那我晚上再跟妳約時間地點好了。』

「嗯。」

『那就這樣囉。』

「幹嘛急著想掛電話？」

『喔？還有事嗎？』

「你怎麼不問我，為什麼今晚不行？」

『好，為什麼不行呢？』

「因為今晚我有事。」

『喔。』

「你怎麼不問我，今晚有什麼事呢？」

『好，妳有什麼事呢？』

「今晚有人約了我吃飯。」

『喔。』

「你怎麼不問我，今晚是誰約了我呢？」

『好，是誰約妳呢？』

「我爸爸。」

『喔。』我很怕她又要我發問，只好先問她：

『妳爸爸為什麼約妳吃飯呢？』

「這種問題就不必問了。」

『是。』

「總之，今天我會晚點回去。」

『好。』

「你今天回去時，陽台的燈是暗的。你要小心，別又撞到腳了。」

『嗯,我會小心的。』我想了一下,說:

『那還有什麼事是我該問而沒問的?』

葉梅桂笑了一聲:「沒了。」

『嗯,Bye-Bye。』

「Bye-Bye。」

掛上電話,我想既然葉梅桂今天會晚點回去,那我也不急著回去。

大概九點左右,我才下班。

在外面隨便吃點東西,回到七C時,已經是十點出頭。

葉梅桂不在,我只好先帶著小皮出去散步。

等到我跟小皮再回來時,已經快11點了,葉梅桂還沒回來。

我把客廳和陽台的燈打亮,然後回到房間,房門半掩。

雖然我在書桌上整理資料,但仍側耳傾聽客廳的動靜。

我可能太專心注意客廳中是否傳來任何聲響,

所以彷彿可以聽見客廳牆上的鐘,滴答滴答。

直到聽見葉梅桂開門的聲音,我才鬆了一口氣。

慢慢把資料收進公事包,整理完畢後,我走出房門。

葉梅桂坐在沙發上,沒看電視,也沒看書或報紙,只是閉上眼睛。

雙手交叉放在胸前,靠躺在沙發的椅背上。

宛如一朵含苞的夜玫瑰。

我駐足良久,不敢驚擾她。

彷彿我一動,便會讓夜玫瑰凋落一片花瓣。

於是悄悄轉身，從半掩的房門，側身進入。
坐躺在床上，隨手翻閱一些雜誌和書籍，並留意客廳的變化。
不知道過了多久，直到打了一個呵欠，我才看了看錶，
已經差不多是我睡覺的時間了。

我輕聲走到客廳，葉梅桂依然閉著眼睛、靠躺在沙發上。
即使再多的時間流逝，對她而言，似乎沒有絲毫變化。
我懷疑她是睡著了。
『葉梅桂。』我試著叫了一聲。

「嗯。」她應了一聲，然後緩緩睜開眼睛。
『累了就回房間睡，在客廳睡覺會著涼的。』
「我只是在想一些事情而已。」她抬頭看牆上的鐘：「你怎麼還沒睡？」
『我放心不下妳，所以出來看看。』
「這麼好心？」葉梅桂笑了起來：
「你確定你是那個賴皮不請我吃飯的柯志宏嗎？」
我笑了笑，從口袋掏出那張餐廳的優待券，遞給她。

「這家餐廳我沒聽過。嗯……」
葉梅桂想了一下，將優待券還給我，說：
「我們約明晚八點在餐廳門口碰面，好不好？」
『好啊。』我收下優待券，走到我的沙發坐下，說：
『今晚跟妳父親吃飯，還好吧？』

「還好。他大概是覺得很久沒看到我了，所以他的話特別多。」
『妳們多久沒見面了？』

「有三四年了吧。」

『這麼久？』

「會很久嗎？我倒不覺得。」她把小皮叫到沙發上，撫摸著牠：

「有些人即使三四十年沒見，也不會覺得久。」

『妳確定妳說的是妳父親嗎？』

「坦白說，我不確定。」葉梅桂笑了笑：

「我不確定他還是不是我父親。」

我很驚訝地望著她，雖然她試著在嘴角掛上微笑，

但她的聲音和她撫摸小皮的動作，已經出賣了她的笑容。

我又看到她將五指微張，只用手指撫摸小皮，不用手掌。

『妳……』我想不出適當的話，尾音拖得很長。

「嗯？」她轉頭問我：「你在擔心嗎？」

『是啊。』

「謝謝。」她又笑了笑：「我沒事的。」

『可以談談妳父親嗎？』

葉梅桂突然停止所有的聲音和動作，甚至是笑容，只是注視著我。

「我父母在我念高中時離婚，目前我父親住加拿大。」

『喔。』我覺得我問了不該問的問題，有些侷促。

「他今天下午回台灣，打電話給我，約我出來吃個飯。就這樣。」

『就這樣？』

「是呀，不然還要怎樣呢？」

她聳聳肩，一副無所謂的樣子。

『喔。』

「不過如果你早10分鐘打電話給我就好了。」

『喔？』

「這樣我今晚就可以先跟你吃飯呀。我不是很喜歡跟他吃飯。」

『喔。』

「別喔啊喔的，沒人規定女兒一定要喜歡跟父親吃飯吧。」

『嗯。』

「光嗯也不行。貢獻一點對白吧。」

『妳好漂亮。』

「謝謝。」葉梅桂又笑了。

我突然想到一件事，於是站起身說：『妳坐好別動喔。』

「為什麼？」

『給妳看一樣東西，妳先把眼睛閉上。』

「幹嘛？想偷偷吻我嗎？」

『喂！』

「好啦。」葉梅桂坐直身子，閉上眼睛。

我把所有的燈關掉，包括客廳、陽台和我房間的燈，

讓整個屋子一片漆黑。

我舉起左腳，踩在茶几上，拉高褲管，然後說：

『妳可以睜開眼睛了。』

「哇……」葉梅桂興奮地說：「北斗七星。」

『是啊。妳縫的星星是螢光的，很亮吧。』

「嗯。」

『以後即使我們在屋子裡，也能看到星星了。』

「那應該再把褲子掛在天花板上，這樣就更像了。」

『是嗎？那我把褲子脫掉好了。』

「喂！」

『這麼黑，妳又看不到什麼。』

「搞不好開了燈也看不到什麼。」她咯咯笑了起來。

『喂，這是黃色笑話，不適合女孩子說的。』

「是你自己想歪的。你別忘了，我曾懷疑你是不是女孩子。」

『不好意思，是我想歪了。』我笑了笑：

『下次我把這條褲子掛在天花板上，好不好？』

「好呀。」

我和葉梅桂靜靜看著北斗七星，彼此都不說話。

黑暗中，我彷彿又回到廣場，看到學姐說她也渴望著歸屬感時的眼神。

我記得學姐那時的眼神，雖然明亮，卻很孤單。

好像獨自在夜空中閃爍的星星。

我試著閉上眼睛，不忍心再回想起學姐的眼神。

可是當我又睜開眼睛時，我立刻接觸到黑暗客廳中，葉梅桂的眼神。

葉梅桂的眼睛，也像星星般閃亮著。

『葉梅桂。』我叫了她一聲。

「嗯？」

『妳也像星星一樣，註定都是要閃亮的。』

「是嗎？」

『嗯。只是因為妳身旁有太多黑暗，所以妳一直覺得妳屬於黑暗。』

我指著褲子上的星星，接著說：

『但是，正因為妳存在於黑暗，所以妳才會更閃亮啊。』

「嗯。」

『夜空中,永遠不會只有一顆星星。所以妳並不孤單。』

葉梅桂沒有回話,只是看著我,眼睛一眨一眨。

可能是我已習慣客廳內的黑暗,也可能是她的眼神愈來愈亮,

所以我發覺,客廳突然變得明亮多了。

「你把腳放下吧。你的腳不會痠嗎?」

『沒關係,不會的。』

「腳放在茶几上,很不雅觀。」

『是嗎?我第一次看到妳時,妳的腳就是跨放在茶几上。』

「哦。那是一種自衛。」

『自衛?』

「那時我又不知道你是不是好人,對我而言,你只是一個陌生男子。

　一個陌生男子來看房子,我當然會擔心呀。」

『妳把腳跨放在茶几上,就可以保護自己?』

「起碼可以讓你覺得我看起來很兇,不好欺負呀。」

『是喔。』我笑了笑。

「去睡吧。明天還要上班。」

『嗯。』我收回踩在茶几的左腳,把客廳的燈打亮。

『妳也別太晚睡,知道嗎?』

「嗯。」

『明天吃飯的事,別忘了。』

「我才不像你那麼迷糊呢。」

『喔，那妳也別興奮得睡不著。』
「你少無聊。」葉梅桂瞪了我一眼。
『晚安了。』
「晚安。」

這應該是所謂的一語成讖，因為當晚翻來覆去睡不著的人，是我。

隔天早上要出門上班前，我用北斗七星褲，把靠近我的小皮，
不斷逼退，一直逼到陽台的角落。
我很得意，在陽台上哈哈大笑。
「喂！」葉梅桂突然叫了一聲。
『我馬上就走。』我立刻停止笑聲，轉身要逃走。

「等一下。」葉梅桂走到陽台，拿給我一顆藥丸和一杯水。
我含著那顆藥丸，味道好奇怪，不禁搖了搖頭。
「你搖什麼頭？這又不是搖頭丸。」
我把水喝掉，問她：『這是什麼？』
「綜合維他命而已。」
『喔。我走了，晚上見。』

今天上班的心情很奇怪，常常會沒來由的心跳加速，似乎是緊張。
我每隔一段時間，會深呼吸，放鬆一下。
然後提醒自己只是吃頓飯而已，不用緊張。
過了六點，開始覺得不知道該做什麼，也無法專心做任何事。
於是開始整理辦公桌上的文件，分門別類、排列整齊。
連抽屜也收拾得井井有條。

疏洪道經過我辦公桌前，嚇了一跳，說：

「這真是成也蕭何、敗也蕭何。」

『什麼意思？』

「把辦公桌弄亂的人是你，弄乾淨的人也是你。」

『喂，你的桌子比我亂得多。』

「這個世界是一片混亂，我的辦公桌怎能獨善其身？」

我懶得理他，繼續收拾。

「小柯，你今天怪怪的喔。」

『哪有。』

「嘿嘿，你待會要跟女孩子去吃飯吧。」

『你怎麼知道？』

「一個優秀的工程師，自然會像老鷹一樣，擁有銳利的雙眼。」

『是嗎？』

「嗯。你今天去了太多次洗手間了。」

『那又如何？』

「你每次去的時間並不長，所以不是拉肚子。應該是去照鏡子吧。」

『這……』

「我說對了吧。怎麼樣？跟哪個女孩子呢？」

疏洪道問了幾次，我都裝死不說話。

「你的口風跟處女一樣……」他突然改口說。

『怎麼樣？』我不自覺地問。

「都很緊。」說完後，疏洪道哈哈大笑。

我不想再理他，提了公事包，趕緊離開辦公室。

到了公司樓下，看看錶，才七點鐘。

在原地猶豫了幾分鐘，決定先搭計程車到餐廳再說。

到了餐廳門口，也才七點半不到，只好到附近晃晃。

算準時間，在八點正，回到餐廳門口。

等了不到一分鐘，葉梅桂就出現了。

「進去吧。」她走到我身旁，簡單說了一句。

這家餐廳從外觀看，很像日本料理店；

坐定後看擺飾裝潢，則像中式簡餐店；

服務生的打扮穿著，卻像是賣泰國菜；

等我看到菜單之後，才知道是西餐廳。

我們點完菜後，葉梅桂問我：

「優待券是誰給你的？」

『我朋友。我搬家那天，妳看過一次。』

「哦。他叫什麼名字？」

『他只是一個小配角，不需要有名字。』

「喂。」

『好吧。他姓藍，叫和彥。藍和彥。』

「名字很普通。」

『是嗎？』我笑了笑。

這個名字跟水利工程的另一項工程設施──攔河堰，也是諧音。

攔河堰橫跨河流，但堰體的高度不高，目的只為抬高上游水位，

以便將河水引入岸邊的進水口，然後供灌溉或自來水廠利用。

藍和彥在另一家工程顧問公司上班，職稱是工程師，
比我少一個「副」字。

「喂，你看。」葉梅桂指著她左手邊的餐桌，低聲說。
一位服務生正收起兩份菜單，雙手各拿一份，
然後將菜單當作翅膀，張開雙手、振臂飛翔。
「真好玩。」她笑著說。

「對不起。」另一位服務生走到我們這桌：「幫你們加些水。」
倒完水後，他右手拿水壺，左手的動作好像騎馬時拉著韁繩的樣子，
然後走跳著前進。
「你故意帶我到這家店來逗我笑的嗎？」她說完後，笑得合不攏嘴。
『我也是第一次來。』
「是哦。」她想了一下，問我：「那你看，他們在做什麼？」

『我猜……』我沉吟了一會，說：『這家店的老闆應該是蒙古人。』
「為什麼？」
『因為那兩個服務生的動作，很像蒙古舞。』
「是嗎？」
『蒙古的舞蹈有一個特色，就是舞者常常會模仿騎馬奔馳與老鷹飛翔
　的動作。收菜單的服務生，宛如蒼鷹遨翔草原；而倒水的服務生，
　正攬轡跨馬、馳騁大漠。』
「你連這個都懂？是誰教你的？」
『是……』我尾音一直拉長，始終沒有說出答案。

因為，這是學姐教我的。

我已經數不清是第幾次因為葉梅桂而想到學姐。

　　次數愈來愈頻繁，而且想到學姐時心口受重擊的力道，也愈來愈大。

　　葉梅桂啊，為什麼妳老令我想起學姐呢？

　　「你怎麼了？」葉梅桂看我不說話，問了我一聲。

　　『沒什麼。』我笑了笑。

　　「是不是工作很累？」她的眼神很溫，聲音很柔：

　　「我看你這陣子都忙到很晚。」

　　『最近工作比較多，沒辦法。』

　　「不要太累，身體要照顧好。」

　　『這應該是我向妳說的對白才是喔。』

　　我笑了笑，她似乎有些不好意思。

　　菜端上來了，服務生把菜一道一道整齊地放在桌上。

　　「我們一起吃吧。」葉梅桂的眼神很狡點，笑容很燦爛。

　　我先是一楞，隨即想起這句話的意思，心口便鬆了。

　　葉梅桂啊，妳才是成也蕭何、敗也蕭何。

　　因為拉我走進廣場記憶的人是妳，拉我離開的人也是妳。

　　她已拿起刀叉，對我微笑，似乎正在等我。

　　於是我也拿起刀叉，示意她一起動手。

　　「對了，為什麼你會念水利工程？」

　　『大學聯考填志願時，不小心填錯的。』

　　「填錯？」

『那時剛睡完午覺，迷迷糊糊，就填錯了。』

「是嗎？」葉梅桂暫時放下刀叉，看著我：「我想聽真話哦。」

我看了她一會，也放下刀叉。

『我住海邊，小時候颱風來襲時，路上常常會淹水。那時只覺得淹水
　很好玩，因為我們一群小孩子都會跑到路上去抓魚。有時候不小心
　還會被魚撞到小腿喔。』我笑了起來。

「魚從哪裡來的？」

『有的隨著倒灌的海水而來，有的來自溢流的河水。不過大部分的魚
　是從養魚的魚塭裡游出來。』

「哦。」

『後來班上一位家裡有魚塭的同學，他父親在颱風來襲時擔心魚塭的
　損失，就冒雨出門，結果被洪水沖走了。從此我就……』

「就怎樣？」

『沒什麼，只是不再到路上抓魚而已。不過每當想起以前所抓的魚，
　就會有一種莫名其妙的罪惡感。』

「小孩子當然不懂事，只是覺得好玩而已。你不必在意。」

『嗯，謝謝。』我點點頭，接著說：

『填志願時，看到水利工程系，想都沒想，就填了。念大學後，那種
　罪惡感才漸漸消失。』

我轉動手中的茶杯，然後問她：『妳呢？妳念什麼？』

「我學的是幼教。」

『有什麼特別的理由嗎？』

「我只是單純地喜歡教育這項工作而已，沒特別理由。」她突然微笑：

「如果你小時候讓我教，也許就不必背負這麼久的罪惡感了。」

『那妳現在是……』

「我現在是一家貿易公司的小職員，請多多指教。」她笑了起來。

『為什麼不……』

「我畢業後當過幼稚園老師。後來因為……因為……」

『嗯？』

「柯志宏。」她看了我一眼，然後低下頭：「別問了，好嗎？」

『嗯。』我點點頭。

然後我們理所當然地又安靜了下來。

不過這種安靜的氣氛並不尷尬，只是我跟她說話時的習慣而已。

如果在我們談話的過程中，沒有任何同時沉默的時間，

我反而會覺得不習慣。我相信葉梅桂也是如此。

我還知道，她不想說話時，連一個字也不會多說；

但只要她想說，而且確定你會聽，那她就會毫無防備、暢所欲言。

「我們走吧。」葉梅桂看了看錶。

『嗯。』我也看了看錶，十點了。

走到櫃臺結帳時，收銀員正對著在我們之前結帳的一對男女說：

「恭喜你們。」收銀員笑得很開心：

「你們是本餐廳開幕後，第一百對手牽著手一起結帳的客人，所以本餐廳
　要贈送你們一張優待券。」

輪到我們結帳時，我遞給他那張優待券，他笑著說：

「恭喜你。你是本餐廳開幕後，第一百位拿著優待券來結帳的客人，

所以本餐廳要贈送你一張優待券。」
說完後，又給了我同樣一張優待券。

我們要走出店門時，收菜單與倒水的服務生都站在門旁。
經過他們時，我對倒水的服務生說：
『你的上半身要挺直，而且腳下的拍子有些慢，因此腳步不夠流暢。
　這樣無法展現出快意奔馳於大漠的感覺。』
再對收菜單的服務生說：
『你的手指要併攏，而且振翅飛翔時，肩膀和手肘的轉動力道要夠，
　這樣才像是傲視蒙古草原的雄鷹。』
他們聽完後，異口同聲說：
「願長生天保佑你們永遠平安，與幸福。」

出了店門，葉梅桂轉頭對我笑著說：
「你猜對了，老闆果然是蒙古人。」
我也笑了起來，然後看著手上的優待券：
『他們又給了一張優待券，怎麼辦？』
「那就再找時間來吃呀。」
『妳喜歡這家店？』
「嗯。」她點點頭，然後說：
「你連服務生的細微動作都看得出來，很厲害哦。」

葉梅桂啊，妳知道嗎？
我看得出來，倒水的服務生騎馬姿勢不夠奔放；
而收菜單的服務生飛翔姿勢不太像威猛的老鷹；
但是妳，卻像極了夜玫瑰，我根本無法挑剔妳的嬌媚。

『妳怎麼來的？』我問她。

「騎機車呀。車子就停在前面。」

我陪她走到機車旁，叮嚀她：『天色晚了，騎車回去時，要小心點。』

「嗯。」她點點頭。

『那我先走了，明天見。』

我轉身欲離去。

「笨蛋，又忘了我們住一起嗎？」

『唉呀，我真迷糊，應該是待會見才對。』我拍了一下自己的腦袋。

「你可以再拍一下。」

『為什麼？』

「因為我們當然要一起回去呀，你幹嘛要先走呢？」

我看著葉梅桂的眼神，然後不自覺地，又輕拍了一下自己的腦袋。

「我們一起回家吧。」夜玫瑰說。

夜玫瑰這支舞結束後，廣場上的男女放開互相牽住的手，
紛紛向著學姐拍手，掌聲中夾雜著歡呼聲。
學姐原地轉了一圈，算是答禮。

下一支舞雖然是圍成一圈、不需邀請舞伴的舞，
但我已沒有心思跳舞。
退回到廣場邊緣的矮牆上，努力消化夜玫瑰的舞步和舞序。

「學弟。」學姐的聲音突然出現在耳際。
我嚇了一跳，轉過頭，她已經坐在我身旁微笑。
「你在想什麼？這麼入神。」
『我正在記住夜玫瑰。』

「是嗎？」她撥了撥剛剛跳舞時弄亂的頭髮，然後說：
「如果不親自下場去跳，很容易忘記夜玫瑰哦。」
『學姐。我一定不會忘記夜玫瑰，一定不會。』
學姐笑了笑，點點頭。

學姐，我沒騙妳。
即使到現在，我仍然清楚記得，妳在廣場圓心時，
腳下畫出的玫瑰花瓣。

「學弟，你喜歡夜玫瑰嗎？」
『我非常喜歡夜玫瑰。』
學姐看了我一眼，笑容很嫵媚，顯然很高興。

「如果下次要跳夜玫瑰時，你會邀請舞伴嗎？」
『學姐，』我幾乎不加思索：『我會。』
「哦？」她似乎很驚訝：「真的嗎？」
『嗯。』
「不可以食言哦。」學姐笑著說。

我不會忘了這個承諾，我甚至一直等待著，實踐承諾的機會。

升上大二，社團裡開始有人叫我學長。
我知道我還會升上大三和大四，但不管我升得多高，
學姐始終是學姐。
這是永遠無法改變的事實。

即使我已升上大二，學姐依然會叫我走到她身旁，然後說：
「我們一起跳吧。」
頂多會加上：「都當學長了，還不敢邀請舞伴。」

大二下學期開學後沒多久，正是玫瑰盛開的季節。
廣場上正要跳土耳其的「困擾的駱駝」。
這支舞很特別，不圍成圓圈，而排成許多短列。
每列不超過10個人，舞者雙手緊握向下，而且身體與鄰人靠緊。
最特別的是，每列還會有個領舞人，右手拿手帕指揮舞者。

學姐賊兮兮地溜到我左手邊，好像準備惡作劇的小孩。

舞步中有雙足屈膝、以右肩帶動身體向前畫一個圓弧，
然後再直膝、雙足振動二次的動作。
學姐畫圓弧時的身體非常柔軟，眼波的流轉也是。
而直膝振動雙足的動作，她還故意做成僵屍的跳動。

「困擾的駱駝」跳到最後，每列兩邊的人會向中間斜靠。
學姐幾乎用全身的重量，用力往右靠向我。
我嚇了一跳，身體失去重心，她也因而差點跌倒。
還好我反應夠快，左膝跪地，雙手扶著半倒的學姐。

學姐一直笑個不停，也不站直身體，偏過頭告訴我：
「學弟，要抓緊我哦。」
『嗯。』
「學弟，要抓緊我哦。」學姐停住笑聲，重複說了一次。

後來我一直在想，學姐這句「學弟，要抓緊我哦」，
是否有弦外之音？

『學姐，我……我手好痠。』我仍是左膝跪地，雙手漸漸下垂。
學姐笑了兩聲，便一躍而起，站直身體：
「這隻駱駝，確實很困擾吧？」
『是啊。』我也站起身，笑一笑。

「請邀請舞伴！」
聽到這句話後，我不好意思地看了學姐一眼。學姐果然說：

「又想躲了？真是。已經當學長了，還……」
學姐正要開始碎碎念時，廣場上又傳來另一句話打斷了她：
「下一支舞，夜玫瑰。」

我等這句話，足足等了八個多月。

11

我不是每天都會穿那條北斗七星褲，因為我得換洗衣服。
但我一定不會把北斗七星褲丟進洗衣機，我會小心翼翼地用手洗。
不讓任何一顆星星殞落。
如果我不是穿北斗七星褲，出門上班前，小皮還是會咬住我褲管。
但很可惜，小皮始終沒能在其他褲子也咬出破洞。

『唉。』我看著完好無缺的褲子，不禁雙眉緊鎖，嘆一口氣。
「一大早嘆什麼氣？」葉梅桂在客廳問我。
『我的褲子沒破啊。』
「你有病呀，褲子好好的不好嗎？」
『可是……』我又仔細檢查褲管：『唉。』
「你可以再嘆大聲一點。」葉梅桂站起身。
『我走了。年輕人不該嘆氣，要勇往直前。』

「等等。」
『嗯？』
葉梅桂又拿出總令我搖頭的綜合維他命丸，和一杯水。
『可不可以……』話沒說完，她就把藥丸直接塞進我嘴裡。
「你這陣子比較累，身體要顧好。」她再把水遞給我。
『那妳也要給小皮吃一顆，看牠的牙齒會不會更強壯。』
「如果你很希望褲子破的話，那我去拿剪刀。」
『我走了，晚上見。』我一溜煙跑出門。

今天公司臨時要疏洪道和我到台中開個會，當天來回。

我想雖然晚上就會回台北，但還是撥了通電話給葉梅桂，
告訴她，我今天到台中，可能會晚點回去。
掛完電話後，疏洪道問我：
「打電話給女朋友？」
『不是。她是我室友。』
「那幹嘛連這種事也要告訴她？」
『因為……因為……』
我想了半天，不知道該如何回答，只好猛搔著頭。

其實答案很簡單，我不想讓陽台那盞燈等太久。
倒不是為了要節省電費，我沒那麼小氣。
我只是不希望葉梅桂在客廳看電視或看書時，
還得時時側耳傾聽我開門的聲音。
那種滋味我嚐過，很不好受。

所以開完會後，我就急著想招計程車到台中火車站搭車回台北。
「小柯，難得來台中，幹嘛急著回去？」疏洪道拉住我衣袖。
我很怕被他拉住，脫不了身。立刻從上衣口袋拿出筆，問他：
『你看這枝筆如何？』

疏洪道看了一下，讚嘆說：
「這枝筆的筆身竟然是木頭製的，上面還有花紋，真是一枝好筆。」
我把筆湊近他鼻子，讓他聞一聞，突然往旁邊丟了十公尺遠，再說：
『去！快把它撿回來。』
他放開拉住我衣袖的手，迅速往旁邊移動了幾步。
等他發覺不對，再回過頭時，我已攔住一輛計程車，直奔台中火車站。

沒想到常跟小皮玩的遊戲，現在竟然可以派上用場，我很得意。

只是損失了一枝筆，未免有些可惜。

買了火車票，在月台上等了 10 分鐘後，火車就來了。

上車後，看了幾眼窗外的景物，覺得有些累，就睡著了。

回到七 C 時，大概是晚上十點左右。

打開門，陽台上的燈還亮著。

「你回來了。」葉梅桂坐在沙發上看電視。

『嗯。』我走進客廳，關掉陽台的燈，也坐在沙發上。

「吃過飯沒？」

『吃飯？』我很驚訝。

「幹嘛那副表情？到底吃飯了沒？」

『天啊，我竟然忘了要吃飯。』

「你是故意不吃的嗎？」

『我沒有故意。只是趕著回來，忘了先吃飯。』

「現在已經滿晚了，冰箱裡也沒什麼東西。嗯……弄什麼好呢？」

『我不介意吃泡麵。』

「哦。」

她站起身，走到廚房，扭開瓦斯爐燒水。然後再回到沙發上。

「台中好玩嗎？」過了一會後，她問。

『我是去開會，又不是去玩。』

「哦。我還沒去過台中呢。」

『下次帶妳去玩。』

「好呀。」
『水開了。』
「哦。」她再度站起身到廚房，把開水倒入碗裡，再蓋上碗蓋。

「不可以食言哦。」她又坐回沙發，笑著說。
我心頭一驚，這句話的語氣好熟悉。
這是我在廣場上告訴學姐以後會邀請舞伴時，學姐回答我的語氣。
怎麼會在這種簡單的對談中，我又被拉回廣場呢？

「喂！」葉梅桂叫了一聲，我才清醒。
「又想賴皮嗎？」她的語音上揚。
『不會的，妳放心。』還好，我又回到了客廳。
「你是不是有點累？」
『還好。』
「累了要說。」
『嗯。三分鐘到了。』
「哦。」她第三次站起身，向廚房走了兩步，突然停下腳，回過頭：
「為什麼都是我走來走去？」她瞪了我一眼。

我趕緊站起身，快步走到廚房，把那碗麵端到客廳。
掀開碗蓋，拿起筷子，低頭猛吃。
「你慢慢吃，我有話要跟你說。」
『嗯。』我含糊地應了一聲。
「你做我一天的男朋友吧。」
『哇！』我燙到了舌頭。

『妳說什麼？』我顧不得發燙的舌頭，站起來問她。

「我要你做我一天的男朋友呀。」她微仰著頭看我。

『為什麼？』

「你肯不肯？」

『這不是肯不肯的問題，林肯也是肯、肯德基也是肯。重點是妳為什麼要我這樣做啊。』

「你到底肯不肯？」

『妳先說原因，我再回答肯不肯。』

「那算了。」她將視線回到電視上。

『好啦，我肯。』在她沉默了一分鐘後，我很無奈地說。

「你是哪一種肯？林肯的肯？還是肯德基的肯？」

『我是非常願意的那種肯，行了吧。』

「這還差不多。」

『可以說為什麼了嗎？』

「嗯。我爸爸過幾天回加拿大，臨走前又要找我吃飯。」

她把電視關掉，呼出一口氣，轉頭看著我。

『那跟我無關吧。』

「本來是無關。但我爸爸說我已經 27 了，應該要考慮終身大事……」

『等等。』我打斷她的話，低頭算了一下：

『今年是 2001 年，妳跟我一樣是 1973 年生。所以妳是 28 才對啊。』

「這不是重點。」

『這怎麼不是重點呢？ 27 歲和 28 歲的女孩差很多，老了一歲耶！』

「所以呢？」她瞪了我一眼，眼神中有刀光劍影。

『所以妳爸爸算術不好。嗯，這才是重點。』我很小心翼翼。

「反正他意思是說我年紀不小了，應該要……」

『這點妳爸爸倒是說得很中肯，妳確實是不小了。』我笑了兩聲：

『中肯也是肯啊。』

「你是不是很喜歡插嘴？」

『喔。對不起。』說完後，我立刻閉上嘴巴。

「總之，他一直希望我趕快找對象。」

『妳因此而心煩嗎？』

「我才不會。我只是不喜歡他老是在我耳邊說這些事而已。」

『喔。』

「所以我要你假裝是我男朋友，我們跟他吃頓飯。明白了嗎？」

『這樣啊……』我靠躺在沙發上。

「明天晚上八點，別忘了。」

『可是我通常七點半才下班，這樣會不會太趕？』

「餐廳在你公司附近，我明天去載你下班。」

『喔。』

「好吧。」葉梅桂坐直身子：「來練習一下。」

『練習什麼？』

「練習當我男朋友呀。」

『怎麼練習？』

「首先，你要叫我玫瑰。」

『是梅桂？還是玫瑰？』

「玫瑰花的玫瑰。我爸媽都是這麼叫我的。」

『妳爸爸真是莫名其妙。如果要叫玫瑰，當初把妳取名為玫瑰就好，
幹嘛叫梅桂呢？取名為梅桂以後，又要叫妳玫瑰，真是早知如此、
何必當初，也可以說是多此一舉、畫蛇添足。』
「你說夠了沒？」
『對不起。』我又把嘴巴閉上。

「好。你試著叫我一聲玫瑰。」
『玫……玫瑰。』我聲音有點發抖。
「幹嘛發抖？這是看到鬼的聲音。」
我深呼吸，讓聲音平穩，再叫了聲：『玫瑰。』
「不行。這樣太沒感情了，好像在背唐詩三百首。聲音要加點感情。」

我吞了吞口水，輕輕咳了一聲，把聲音弄軟和弄乾淨：『玫瑰。』
「這是逗弄小孩子的聲音，好像在裝可愛。你別緊張，放輕鬆點。」
『嗨，玫瑰。』我將身體放鬆，靠躺在沙發上，右手向她招了招。
「這是在酒廊叫小姐的聲音。」
『玫瑰！』我有些不耐煩，不禁站起身，提高了音量。
「你想吵架嗎？」

『喂，幹嘛要這樣練習，不管怎麼叫，不都是玫瑰嗎？』
「如果你是我男朋友，而且你很喜歡我，那麼你叫的玫瑰，跟別人叫的
　玫瑰，就不會一樣。」
『哪裡不一樣？』
「那是一種非常自然的聲音。是從心裡面發出來，而不是從嘴巴裡。」
『這……這太難了吧。』
「算了。」葉梅桂聳聳肩：

「你明天隨便叫好了，也許我爸爸根本分不出來。」

『喔。』我坐了下來。

葉梅桂拿起遙控器，打開電視。左手托腮，靜靜地看著。

我也看了一會，又是我不喜歡的節目。

伸個懶腰，靠躺在沙發上，閉上眼睛。

「累了就先去睡。」

『我待會還得把今天帶回來的資料整理一下，明天要用。』

「哦，那你先休息一下，我不吵你。」

『不會的。我只要坐著，就是一種休息。』

「嗯。」

『妳看電視吧，我先回房間了。』我打起精神，站起身，提起公事包。

「明晚吃飯別忘了。」

『不會的。』我走到我房間，轉頭跟她說：

『晚安了，玫瑰。』

「嗯。晚安。」

右手正要扭轉門把，打開房門時，動作突然停頓，公事包從左手滑落。

我再轉過頭，看著客廳中的葉梅桂。

她原本仍然是左手托腮、看著電視，眼神的溫度像室溫的水。

但過了幾秒後，托著腮的左手垂了下來，身體變直，

視線也從電視轉到我身上，眼神的溫度像剛加熱不久的水。

因為我剛剛很自然地，叫了她一聲玫瑰。

「如果你喜歡，以後就叫我玫瑰好了。」

『好。』

「去忙吧。」

『嗯。』

我走回房間，坐在書桌上，才想起公事包掉落在門外。

隔天早上要出門上班前，原本已經穿上了北斗七星褲，

但是怕葉梅桂的爸爸如果看到星星，會覺得我是那種不正經的男孩。

於是脫掉北斗七星褲，換上另一條淺灰色的長褲。

可是，萬一這條長褲好死不死剛好在今天被小皮咬出破洞呢？

葉梅桂的爸爸看到破洞後，心裡會怎麼想呢？

「玫瑰啊，這小子一定很窮。妳看，褲子都破了還穿。」

她爸爸會這麼說嗎？

嗯，也許不會。搞不好他反而會說：

「玫瑰啊，妳看這小子連破褲子也穿，一定是勤儉刻苦的好男孩。」

我就這樣坐在床上，左思右想，猶豫不決。

「還躲在房裡幹什麼？你快遲到了。」葉梅桂的聲音在客廳響起。

『喔。』我應了一聲，繼續思考。

「喂！」過了一會，她又叫了一聲。

我只好走出房門，告訴她：『我不知道要穿哪一條褲子。』

「你有病呀，隨便穿就行。」

『可是……』

「要不要我借你一條裙子穿？」

『不敢不敢。』我趕緊回到房間，提起公事包。

要走到陽台前，我突然急中生智，蹲下身，把褲管捲至膝蓋。

小皮湊近我時，先是停頓一下，然後抬頭看我，眼神一片迷惘。

『哈哈哈……』我很得意：『天無絕人之路啊！』

「你幹嘛捲起褲管？」葉梅桂遞給我綜合維他命丸和一杯水。

『我想讓我的小腿透透氣。』吞下藥丸後，我說。

「無聊。」

『我走了，晚上見。』

我走出樓下大門，感覺到小腿涼風颼颼，才把褲管放下。

到辦公室時，跟疏洪道要那枝筆，他死都不肯給我。

還說我不夠意思、不講義氣之類的話，足足念了半個鐘頭。

我按照慣例，裝死不理他。

如果讓我比較的話，我會覺得今天比要跟葉梅桂吃飯那天，還緊張。

洗手間的鏡子一定對我感到很不耐煩。

如果洗手間的鏡子是魔鏡的話，我可能會問它：

「魔鏡啊魔鏡，我是不是一個認真上進、前途無量的好青年？」

七點半左右，手機響起。

「喂，我在你們公司樓下。下來吧。」葉梅桂的聲音。

『好。』

我提著公事包，準備跑下樓。

可是看了公事包一眼，我心裡便想這下完蛋了。

因為這一看就知道是那種沒前途的小職員所拿的公事包。

這個公事包早已年代久遠,是我在台南的夜市買的。

當初要買時,那個老闆還說:「這是眞皮的。」

『眞皮?』我很納悶:『那爲什麼賣這麼便宜?』

「眞的是塑膠皮,簡稱眞皮。」老闆哈哈大笑。

我看老闆還有一些幽默感,而且又便宜,就買了它。

我已經用了它好幾年,有些表皮都已脫落,看起來像斑駁的牆。

怎麼辦呢?今天還得用它帶一些資料回去整理,不能不提著它。

我又面臨左右爲難的窘境。

直到手機又響起,傳來葉梅桂的聲音:

「我數到十,如果還沒看見你的話……」

『我馬上下去。』

不等她的話說完,我掛上電話,拿起公事包,立刻衝下樓。

我跑到葉梅桂身旁,她瞪了我一眼。

『對不起。我……』

「別說了。上車吧。」

『待會我該怎麼說話?要說什麼?不該說什麼?還有……』

「別擔心。我根本不在乎我爸爸喜不喜歡你,所以你想怎麼說話,就怎麼
　說話。如果你可以惹他生氣,搞不好我還會感激你。」

『對啊。』我恍然大悟:『我只是假裝是妳男朋友而已。』

「這不是假不假裝的問題。」

『嗯?』

「如果你眞的是我男朋友,我只在乎我喜不喜歡你,幹嘛在乎別人是否
　也喜歡呢?」

她從皮包裡拿出一張面紙：「你流了一身汗，先擦擦汗。」
我接過面紙，擦擦臉。
「上車吧，笨蛋。」她笑了一笑。

聽到葉梅桂這麼說，我心情便輕鬆多了。
剩下的，只有對她父親的好奇心。
我正在腦中想像她父親的模樣時，葉梅桂停下車，轉頭告訴我：
「到了。」
『這麼快？』
「嫌快的話，我可以再載你到附近晃一圈。」
『喔。』我趕緊下車。

我看了一眼餐廳大門，餐廳的門面看來金碧輝煌、燦爛奪目，
好像是專供有錢人來揮霍的餐廳。
『今天誰請客？』我問葉梅桂。
「我爸爸。」
『還好。』我拍拍胸口。
「進去吧。他已經在裡面了。」
『嗯。』
「別擔心，做你自己就行。就當吃一頓免費的大餐。」她笑著說。

服務生領著我們左拐右彎，還經過一個假山和小花園，
最後來到一個靠窗的餐桌。
葉梅桂的父親靠窗坐著，看到我們，笑了一笑，算是打招呼。
她也坐進靠窗的座位，和她父親面對面，我則坐在她左手邊。
他看起來應該比實際的年齡年輕，照理說他應該有 50 幾歲，

但看起來卻只有40出頭。

他穿著深灰色襯衫，戴一副銀框眼鏡，臉頰和身材都很清瘦。

眼神是明亮的，笑容卻很溫和。

「我男朋友。」她坐下前，看了他一眼，左手指著我，聲音很平淡。

「你好。」她父親站起身，伸出右手。

『伯父您好。』我急忙也伸出右手，跟他握了握。

「請坐，別客氣。」握完了手，他說。

『謝謝。』我等他坐下，我再坐下。

「怎麼稱呼？」他看著葉梅桂，問了一句。不過葉梅桂沒有回答。

我正納悶為什麼她沒有回答時，她轉過頭看了看我，說：

「喂，人家問你怎麼稱呼。」

『人家是問妳吧，妳怎麼……』我話還沒說完，她很用力瞪我一眼。

我恍然大悟，急忙站起身：『伯父您好，我姓柯。』

他微微一笑：「柯先生。別拘束，請坐。」

『不敢當。伯父您叫我小柯就可以了。』

「好，小柯。請坐吧。」

我慢慢坐了下來，葉梅桂湊近我耳邊低聲說：

「不要用『您』，用『你』就行。」

『喔。』我點點頭。

服務生遞上菜單，我們三人一人一份。

「玫瑰。」他的聲音很溫柔：「喜歡吃什麼，就點什麼。」

「嗯。」她只簡單應了一聲。

「不用幫妳男朋友省錢，今天爸爸請客。」他笑著說。
「我知道。」葉梅桂的聲音，依然平淡。

我曾經說過，葉梅桂的聲音是有表情的。
我可以從她的聲音中，「看」到她喜怒哀樂的表情。
如果聲音的樣子，真的可以傳達情感，那麼他們父女，就是個中高手。
葉梅桂的父親毫不掩飾地展現他的溫情，但她顯然並不怎麼領情。

「小柯，盡量點，不必客氣。」他轉頭朝著我，帶著微笑。
『好。謝謝。』我點點頭。
葉梅桂把菜單拿給我，說：「你幫我點吧。」
『要吃蒼蠅自己抓。』我把菜單又遞給她。
「什麼意思？」她並未接下菜單。
『這是台語。意思是想吃什麼，就要自己點。』
「無聊。」
『不要辜負妳爸爸的好意，這樣不好。』我湊近她耳邊，低聲說。
她雖然又瞪我一眼，但終於接下菜單。

點完了菜，他笑了笑，語氣很和緩問我：「請問你在哪高就？」
『我在工程顧問公司上班，當副工程師。』
「喔。」他頓了頓，再問：「是什麼樣的工程呢？」
『水利工程。』
「嗯，不錯。工作很忙吧？」
『還好。不算太忙。』
「嗯。玫瑰不會給你添麻煩吧？」
『不會。她時常照顧我，應該是我給她添麻煩。』

「是嗎？」他溫柔地看著葉梅桂：「玫瑰真是個好女孩。」

『是啊。』我笑了笑。

服務生端上菜，並一一幫我們分開兩根筷子，再遞給我們。

葉梅桂的爸爸等服務生走後，說：「來，一起吃吧。」

葉梅桂欲伸出筷子，我急忙抓住她的左手臂，她轉頭瞪我：「幹嘛？」

『得讓伯父先夾菜，我們才能動筷子。』

「小柯不必這麼客氣，隨意就行。」他依然笑容可掬。

『這是作晚輩的基本禮貌。伯父，請先夾菜吧。』

他笑了一笑，伸筷子夾了一點菜到碗裡，我才放開抓住葉梅桂的手。

「你太入戲了，笨蛋。」她又低聲在我耳邊說。

「玫瑰。爸爸後天中午，就要回加拿大了。」

「哦。」葉梅桂應了一聲。

「如果可以的話，妳能不能到機場……」

「我要上班，沒空。」不等他的話說完，她便接了一句。

『後天是星期六，不用上班。』我說。

「我要加班，不行嗎？」她轉過頭，瞪著我說。

『我從來沒看過妳在星期六加班。』

「這個禮拜六就要加班。」

『哪有那麼巧的事。』

「偏偏就是這麼巧。」

『加班還是可以不去的。伯父都要走了，還加什麼班。』

「你……」葉梅桂似乎很生氣。

「沒關係的。」他笑一笑：「上班比較重要。」

他雖然這麼說，但眼神還是閃過一絲遺憾和失落。

「小柯，你跟玫瑰是怎麼認識的？」他顯然想轉移話題。
『這個……』我覺得如果說是住在一起，應該不恰當，只好說：
『是朋友介紹的。』
「是這樣啊。哪個朋友呢？」
『是玫瑰的朋友，玫瑰都叫他小皮。』
她聽完後，忍不住轉頭看著我，臉上一副又好氣又好笑的表情。

「喔。」他點點頭，又笑著說：「玫瑰一定讓你吃了一些苦頭吧？」
『不是一些，是很多。』
他笑了起來，這是我第一次聽到他較為明朗的笑。
「真是難為你了。」他止住笑聲，微微一笑。
『不會的。頭可斷、血可流，玫瑰不可不追求。』我說。
他又笑了起來，而葉梅桂則瞪我一眼。

「那你一定很喜歡玫瑰吧？」他又問。
我楞了一下，瞄了葉梅桂一眼，想向她求助。
她把臉別過去，似乎想讓我自己面對這個問題。
『我……我非常喜歡夜玫瑰。』
話一說出，便發覺不太對，趕緊改口：『我是說，我非常喜歡玫瑰。』
「嗯。」他點點頭。
葉梅桂則又轉過頭來看我一眼，眼神跟學姐好像。
我記得在廣場上告訴學姐，我非常喜歡夜玫瑰時，
學姐的眼神就是這麼嫵媚。

「小柯,你最喜歡玫瑰哪一點?」

正當我又掉入廣場的記憶漩渦時,他又問了一句。

我趕緊回過神,說:『這太難選擇了。』

然後再說出以前葉梅桂問我她最性感的地方在哪裡時,我的回答:

『就像天上同時有幾百顆星星在閃亮,你能一眼看出哪顆星星最亮嗎?』

「嗯,說得好。我也覺得玫瑰的優點好多好多,她從小就是這樣。」

葉梅桂的身體振動了一下,嘴巴微張似乎想說話,但隨即恢復平靜。

我起身上洗手間,想讓他們父女倆單獨說話。

我故意待久一點,等覺得時間已差不多後,再走出洗手間。

可是餐廳實在太大,我竟然迷路了。

幸好有個服務生來幫我,我才又回到餐桌上。

「幹嘛去那麼久?」葉梅桂有些埋怨。

『這餐廳好漂亮,我在看風景。』

「無聊。」她說。

『對不起。』我說。

她拿起皮包,站起身跟她父親說:「我們還有事,先走了。」

「不再多坐一會嗎?」他似乎很失望。

「不了。」她用眼神示意我拿起公事包,「下次再說吧。」

「下……下次嗎?」他喃喃自語。

我們三人走出餐廳大門,葉梅桂的父親告訴我:

「小柯,有空的話,帶玫瑰到加拿大來玩。」

『喔,好。』

「請你好好照顧玫瑰。」

『這是應該的。』
「那玫瑰的幸福，就交給你了。」

『伯父請放心。我會盡一切努力，讓玫瑰永遠嬌媚。』
「嗯，那就好。」他再轉頭告訴葉梅桂：「玫瑰，爸爸要走了。」
「嗯。Bye-Bye。」她簡單說一句，並揮揮手。
他再跟我點個頭，轉身離去前，又仔細看了葉梅桂一眼。
然後背影漸漸消失在黑夜的街頭。

『我的表現，還可以吧？』我問葉梅桂。
「你太緊張了。」
『我當然會緊張啊。原本我以為妳爸爸會開一張支票給我。』
「開支票？」
『嗯，電影都是這樣演的。女主角愛上一個窮小子，女主角的父親就開
　一張 10 萬塊美金的支票給男主角，希望他離開女主角。』

「哦。如果我爸爸真的開一張支票，你會怎麼樣？」
『我一定拍桌而起，手指著他大聲說：伯父！你太小看我了！』
「真的？」
『當然是真的。10 萬塊美金就想打發我走？最起碼也要 20 萬。』
「喂！」
『我開玩笑的。』我趕緊陪個笑臉。

回到七 C，大約晚上十點半左右。
葉梅桂一回來，便癱坐在沙發上，閉上眼睛，一副很累的樣子。
『很累嗎？』

「嗯。我不喜歡跟我爸吃飯，感覺很累。」
『妳爸爸人很好啊。他看起來……』
「不要再提他了，可以嗎？」她突然睜開眼睛。

『我可以不提他，但妳後天一定要去機場送他。』
「我說過了，我要加班。」
『妳根本沒有要加班。』
「好，就算我不必加班。你應該也知道，放假日我都很晚才起床。」
『不要再找藉口了，後天妳就是要去機場。』
「我不想去，不行嗎？」
『不行！』我站起身，大聲說。

葉梅桂似乎楞了一下，過了一會，才說：「幹嘛那麼兇？」
『妳看看牆上的鐘。』
「做什麼？」她看了一眼，牆上的鐘。
『現在還不到11點。』
「我知道。然後呢？」
『妳要我當妳一天的男朋友，所以到12點以前，我還是妳男朋友。』

她看了我一眼，淡淡地說：
「你是我男朋友又如何？你還是沒有權利勉強我。」
『但我有責任拉妳離開寂寞的漩渦。』
「你在胡說什麼。」
『我沒胡說。』
「我偏不要。」
『葉梅桂！』我有點火氣，不禁提高音量。

「柯志宏！」她似乎也生氣了，突然站起身。
我們在客廳中對峙著。

『聽我的勸，去送送妳父親吧。』僵了一會，我才放緩語氣。
「你是不是吃了我爸爸一頓飯後，就幫他說話？」
『妳太小看我了，我不是這種人。』
「你是，你就是。你是小氣的人。」
『好。』我的火氣又上來了：『這頓飯多少錢？我馬上拿給妳！』
說完後，我立刻從褲子後面的口袋掏出皮夾。

「五千一百四十八塊。」
『五……五千多？』我張大嘴巴。
「嗯。給我吧。」她伸出右手。
『好。』我把皮夾放回口袋：
『不要談錢了，這不是重點。我們談的是妳爸爸。』
「不是說要把錢給我？」她的右手還伸著。
『妳不要轉移話題。』
「轉移話題的人是你。給錢呀！」
葉梅桂向我走近兩步，伸出的右手直逼我的胸前。

『嗯，從妳的手相看來，妳並不是貪財的人啊。』
我低頭看了看她攤開的右手掌。
「少廢話。」
『玫瑰，妳好漂亮。』
「拍馬屁也沒用。」
『小皮。』我叫了一聲可能因為受到驚嚇而躲在沙發底下的小皮，

『快出來勸勸妳姐姐。』

「你少無聊。」

『好啦，我剛剛太衝動了，妳別介意。』

「哼。」

她終於放下右手，坐回沙發。

『他畢竟是妳爸爸。』我也坐下。

「是他先不要我的。」

『是嗎？』

「我剛念高一時，他就跟我媽離婚，娶了另一個女人。」

『他斷絕的是跟妳媽的夫妻之義，可沒斷絕跟妳的父女之情。』

「我不管，反正我就是覺得他不要我。」

『玫瑰。』我叫了她一聲，她抬起頭看著我。

『妳應該知道，妳父親從沒停止關心妳。不是嗎？』

葉梅桂看了我一眼，然後咬著下唇，別開頭去。

我看到她略微抽搐的背。

我站起身，坐到她左手邊的沙發，低聲說：

『現在還不到 12 點。妳可以把我當男朋友，說說心裡的話。』

「沒什麼好說的。而且，也跟你無關。」她並未轉過身。

『怎麼會無關呢？妳忘了嗎？我答應過妳爸爸的。』

「你答應什麼？」

『我說，我會盡一切努力，讓玫瑰永遠嬌媚。』

「那是你在演戲。」

『不。我是認真的。』

她終於轉過身看著我，我也看到她紅紅的眼眶。

「你騙人。」過了一會，她說。

『我發誓。』

「你少來，我不相信誓言的。」

『是嗎？為什麼？』

「把『誓』這個字拆開來看，不就是『打折的話』？所言打折，又怎麼能信？」

『那妳要怎樣才能相信我呢？』

「我要問你問題。」

『又要問那種妳漂不漂亮或性不性感的問題嗎？』

「這次才不是呢。」

『喔。妳問吧。』

「我剛剛是不是很兇？」

『是啊。』

「那我很兇的樣子，是不是很難看？」

『不。還是一樣好看。』

「為什麼？」

『玫瑰當然多刺，但玫瑰的刺並不影響玫瑰的嬌媚。』

「不可以騙人。」

『我沒騙妳。』

「好，我相信你。」她把手指一指：「請你坐回你的沙發。」

『沒問題。』我站起身，回到我的沙發。

葉梅桂叫了聲小皮，讓小皮趴在她腿上，她拍拍牠的身體，然後說：

「我爸跟我媽離婚時，他並沒有主動要求我留在他身邊。」

『所以妳跟著妳媽？』

「嗯。我覺得我媽一個人會很寂寞，所以我留下來陪媽媽。」

『喔。』

「我剛要念大學時，我媽也決定再婚。」

『啊？』我很驚訝。

「你不必驚訝。」葉梅桂看了看我，接著說：

「我媽20歲左右便生下了我，她再婚時，還不到40歲。」

『那……』

「我不想當母親的拖油瓶，所以從18歲開始，我就一個人過日子。」

她呼出一口長長的氣，然後說：「到現在，已經滿10年了。」

『嗯。』

「我可以因為這10年的寂寞，而埋怨我父母吧？」

『當然可以。』我點點頭。

葉梅桂有點驚訝我這麼說，停止輕拍小皮的動作。

『妳當然可以覺得妳父母自私，也可以覺得妳父母虧欠妳。』

我頓了頓，看著她說：

『但是，因為是妳父母把妳帶到這個世界來，不管這個世界美不美、不管
　妳喜不喜歡這個世界，妳畢竟也虧欠他們一條命。』

我站起身，向她走近一步：

『換個角度想，妳雖然已經沒有一對彼此相愛的父母，但妳仍然可以擁有
　一個疼愛妳的父親，和一個關心妳的母親。不是嗎？』

葉梅桂抬起頭看著我，然後說：「你怎麼知道他們會關心我、疼愛我？」

『妳這麼可愛，想不愛妳都難。』
「你又騙人。」
『我沒騙妳。』
她看了我一眼後，又低下頭。

『玫瑰，放下吧。』
「放下什麼？」
『放下這種怨恨的情緒，它只會讓妳更寂寞而已。』
「我偏不放。」她把頭轉過去，背對著我。
『玫瑰。』我嘆了一口氣：『讓我安慰妳，好嗎？』
我終於又走近她左手邊的沙發，坐了下來。

葉梅桂緩緩地，再將頭轉回來朝向我。
過了一會，在眼眶中打轉的淚水，一顆顆滑落至臉頰。
我曾經看過利用噴灌系統灌溉的玫瑰花，當水灑落在玫瑰上時，
水珠便會順著玫瑰花瓣，滴落。

『妳像是黑暗中的劍客，因為看不見，只好盲目揮舞著劍護住全身，
以免受到傷害。可是，這樣卻也會砍掉想要拉妳離開黑暗的手。』
「我沒砍到人。」
『妳今晚就砍傷了妳爸。不是嗎？』
「我……」
『妳並不像妳所說，毫不在乎妳爸爸。要不然妳也不會叫我假裝是妳
　男朋友，不是嗎？在妳心裡，妳還是希望妳爸爸不要擔心妳的。』

夜玫瑰並未說話，等最後一滴水珠從花瓣滴落後，她才說：

「那為什麼他們都不要我？」

『他們並沒有放棄妳，是妳自己放棄妳自己。』

「我才沒有。」

『我第一天看到妳時，就覺得……』

「你一定覺得我是那種很兇狠兇狠的女孩。」

『不。我覺得妳好年輕，很像是漂亮的大學生。』

「胡說。」

『妳一直帶著18歲時的眼神，又怎麼會變老呢？』

「我……」

『放下吧。』我說。

葉梅桂安靜了下來，也停止所有細微的動作，似乎陷入回憶的漩渦中。

我也跟著安靜，不想驚擾她。

「有時想想，我倒寧願是個孤兒。」過了很久，她才淡淡地說。

『不是每個孤兒，都會擁有跟妳一樣的眼神。』

「是嗎？」她抬起頭，看著我。

『就像學姐……』

說到「學姐」，我立刻發覺喉嚨似乎被一股力道掐住，無法再繼續。

然後我也迅速掉入廣場回憶的漩渦中。

「怎麼了？」她看著久未接話的我，低聲問。

『沒事。』我合攏張大的嘴，說了一句。

「不要老是把話只說一半，你剛剛說到學姐，那是誰呢？」

『那是……』我努力想離開廣場上的學姐，回到客廳中的葉梅桂。

「柯志宏。」她溫柔地看了我一眼：

「如果不想說，就跳過去，沒關係的。」

『喔。』因為夜玫瑰嬌媚的眼神，我終於回到了客廳。

『她是我以前在大學社團的學姐，是個孤兒。但是她很明亮。』
「你是說我很黯淡？」
『不。』我搖搖手：『妳的眼神像深井，妳習慣把很多東西丟進去，因為
　妳不想讓別人看到，可是那些東西還是一直存在著。』
「是嗎？」
『嗯。但如果妳去掉防備之心，妳的眼神就非常嬌媚。』
　我看了她一眼：『就像現在的妳一樣。』

「又在胡說。」她似乎覺得不好意思，低聲說。
『妳本來就是一朵嬌媚的夜玫瑰，妳不高傲，只是不喜歡別人接近。』
　我笑了笑：『妳看，妳連妳左手邊的沙發，也不讓我接近。』
她瞪了我一眼：「你現在不就是坐在我左手邊的沙發。」
『喔。』我移動了幾公分，稍微離開她，再說：
『妳讓自己寂寞了十年，已經夠久了。所以，放下吧。』

「好，我可以放下。不過有一件事，我一定要記得。」
『什麼事？』
「你欠我的，五千一百四十八塊。」
『嗯……』我抬頭看一眼牆上的鐘：
『已經過了12點了，我的任務圓滿達成，該睡覺囉。』
「喂！你別又想賴皮。」

『我才不會，我……』我突然把耳朵貼近趴在她腿上的小皮的嘴巴：
『喔，是。嗯……你這樣說也有道理，可是我會不好意思。什麼？

沒關係？你堅持要這樣做？喔，那好吧。』
「你在做什麼？」她的手從上面拍了一下我的腦袋。
『喔。小皮剛剛告訴我，牠要幫我還這筆錢，妳找牠要吧。晚安了。』
「喂！」

我跟她揮揮手，想要走回房間。
「還有一件事。」
『嗯？』
「你也跟我爸爸說過，你非常喜歡玫瑰。這句話……」
『不管過不過12點，』我打斷她的話：
『這句話都不是演戲時的對白。』
夜玫瑰沒有說話，但由於剛剛灑過一陣水，卻出落得更嬌媚了。

「星期六那天，你會陪我去嗎？」過了一會，她問。
『嗯。』我點點頭，進了房間。

我很想舉步向前，可是我發覺，腳竟然在發抖。
那一定是既緊張又興奮的關係，因為我聽得到自己的心跳聲。
而學姐卻只是站在當地，沒說話，也沒有多餘的動作。

我偷偷深呼吸了幾次，心跳平穩後，又想舉步向前。
可是腳好像被點了穴，只好用全身的力量想衝開被點的穴道。
眼角的餘光正瞄到兩位學長向學姐走近，在千鈞一髮之際，
我終於衝開穴道，　　地跑到學姐面前。
學姐大概是覺得很好笑，笑得頻頻掩嘴。

挺胸收小腹、面帶微笑、直身行禮、膝蓋不彎曲。
這些邀舞動作的口訣我已經默背了好多遍了。
『學姐，我……我可以請妳跳舞嗎？』
右手平伸，再往身體左下方畫一個完美的圓弧。

說完了話，做完了邀舞動作，我的視線盯著學姐的小腿。
如果學姐答應邀約，她的右手會輕拉裙襬，並彎下膝。
我只好期待著學姐的膝蓋，為我彎曲。

「真是的。腰桿沒打直、膝蓋還有點彎，動作真不標準。」
我耳邊響起學姐的聲音：
「笑容太僵硬，不像在邀舞，好像跟人討債。」
我不禁面紅耳赤，心跳又開始加速。

「但是，我卻想跟你跳夜玫瑰。」

學姐說完後，我終於看到她彎下的膝。

我抬起頭，學姐笑著說：

「下次動作再不標準，我就罰你多做幾次。」

然後拉起我右手：「我們一起跳吧。」

我們走進男內女外的兩個圓圈，就定位，學姐才放開手。

在人群依序就定位前，學姐靠近我耳邊，低聲說：

「這是戀人們所跳的舞，所以任何踩踏的舞步都要輕柔……」

不等學姐說完，我立刻接上：

『千萬不要驚擾了在深夜獨自綻放的玫瑰。』

「你的記性真好。」學姐笑了笑，給我一個讚許的眼神。

『外足交叉於內足前、內足原地踏、外足側踏……』

我口裡低聲喃喃自語舞步的基本動作，很像以前考聯考時，

準備走進考場前幾分鐘，抓緊時間做最後複習。

「學弟。」學姐見我沒反應，又叫了聲：「學弟。」

『啊？』我突然回神，轉頭看著她。

「想像你現在身在郊外，天上有一輪明月，你發現有一朵玫瑰

在月色下正悄悄綻放。你緩緩地走近這朵玫瑰，緩緩走近。

它在你眼睛裡愈來愈大，你甚至可以看到花瓣上的水珠。」

「學弟。」學姐微微一笑：「你想偷偷摘這朵玫瑰嗎？」

『當然不是啊。』

「那麼，你幹嘛緊張呢？夜玫瑰正開得如此嬌美，

你應該放鬆心情，仔細欣賞。不是嗎？」

我的身軀遮住了從背後投射過來的光線，
眼前的學姐便完全被夜色包圍。
是啊，學姐正如一朵夜玫瑰，我只要靜靜欣賞，不必緊張。

夜玫瑰的口中哼著夜玫瑰這首歌，跳著夜玫瑰這支舞。
夜玫瑰在我眼睛裡不斷被放大，最後我的眼裡，
只有在月色映照下的，黑夜裡的那一朵紅。
我待在夜玫瑰身邊，圍繞、交錯、擦肩。
腳下也不自覺地畫著玫瑰花瓣，一片又一片。
直到音樂的最後：「花夢託付誰……」。

舞蹈結束，我仍靜靜地看著嬌媚的夜玫瑰。
直到響起眾人的鼓掌聲，才驚擾了夜玫瑰，還有我。
「學弟，跳得不錯哦。」
『真的嗎？』
「嗯。」學姐笑一笑，點點頭。

那天晚上，離開廣場後，學姐跟我說：
「學弟，你已經敢邀請舞伴了，我心裡很高興。」
『謝謝學姐。』
「以後應該要試著邀別的女孩子跳舞，知道嗎？」
『好。』
學姐笑了笑，跨上腳踏車離去。

往後的日子裡，我遵照學姐的吩咐，試著邀別的女孩子跳舞。
我的邀舞動作總是非常標準，甚至是標準得過頭，
常惹得那些女孩們發笑。
偶爾我也會邀學姐跳舞，但那時我的邀舞動作，卻變得很畸形。

「腰桿要打直，說過很多遍了。來，再做一次。」
「笑容呢？要笑呀。再笑一次我看看。」
「膝蓋不要彎呀，邀舞是一種邀請，並不是乞討。」
學姐在拉著我進入圈圈時，總會斜正我的動作。
然後罰我多做幾次。
我被罰得很開心，因為只要能跟學姐一起跳舞，我便心滿意足。

我期待夜玫瑰這支舞再度出現的心情，比以前更殷切。
但這次等的時間更久，超過一年三個月。

當夜玫瑰這支舞終於又出現時，我的大三生涯已快結束。

12

星期六那天，我比葉梅桂早起，一個人坐在客廳，看電視。
等了很久，她還沒走出房間，我看了看時間，覺得應該要出門了，
便去敲她的房門：『喂！起床了！』
「別敲了，我早就起床了。」
葉梅桂的聲音，從關上的房門內傳出來。

『我們差不多該出門了喔。』
「可是我很累，想再睡呢。」
『回來再睡，好不好？』
「不好。」
『別鬧了，快開門吧。』
「求我呀。」
『喂！』
「喂什麼喂，我沒名字嗎？」

『葉梅桂，快出來吧。』
「叫得不對，所以我不想出來。」
『玫瑰，請開門吧。』
「叫是叫對了，可惜不夠誠懇。」
『玫瑰，妳好漂亮。請讓我瞻仰妳在早晨的容顏吧。』
「嗯，誠意不錯。但可以再誠懇一點。」
『混蛋。』我看了一下錶，低聲罵了一句。
「你說什麼？」
葉梅桂用力打開房門，大聲問我。

『我……我說……』我吃了一驚，沒想到她耳朵這麼好。
「你再說一遍。」
『我說妳好漂亮。』
「你才不是這麼說。」
『我剛剛有說妳好漂亮啊。』
「我是指最後一句。」

『最後一句？』我歪著頭，做出努力思考的樣子：『我忘了。』
「你騙人。」
『別為難我了，不要再用妳的美麗來驚嚇我。』
「你……」她指著我，似乎很生氣。
『好了啦，別玩了。』我指著我的錶：『該出門了。』
葉梅桂瞪了我一眼，轉身進房，拿了皮包後再出來。
「走吧。」她說。

到了機場，我稍微找了一下，便發現葉梅桂的爸爸。
我拉著葉梅桂走過去，他看見我們以後，很驚訝地站起身：
「玫……玫瑰。」
她點了點頭，動作有些僵硬。

他再朝我說：「小柯，不好意思。還麻煩你跑來。」
『伯父太客氣了，這是應該的。』
我轉頭指了指她：『是玫瑰自己要來的，我只是陪她而已。』
「喔。」他看著葉梅桂，很關心地問：
「公司方面不是要加班嗎？會不會很困擾？」

葉梅桂並沒有回話，我只好接著說：

『公司老闆苦苦哀求玫瑰加班，但玫瑰堅立不爲動。我猜沒了玫瑰，

　公司大概會癱瘓，也沒必要加班了。』

她聽完後，瞪了我一眼：「你少胡說八道。」

『我在那裡……』我笑了笑，搖指著遠處的公共電話：

『如果有什麼事，看我一眼即可。』

我再跟他點個頭，轉身欲離去。

她拉一下我的衣袖，我拍拍她肩膀：『沒關係的，妳們慢慢聊。』

我走到公共電話旁，遠遠望著他們。

葉梅桂坐在她父親的右手邊，大部分的時間，頭都是低著。

大約過了20分鐘，她抬起頭往我這邊看一眼。

我往他們走去，快走到時，他們也幾乎同時站起身。

「小柯，我準備要登機了。歡迎你以後常到加拿大來玩。」

『好。我會努力存錢的。』

他笑了一下，再跟葉梅桂說：「玫瑰，爸爸要走了。」

『嗯。』她點點頭。

他張開雙臂，似乎想擁抱葉梅桂。但隨即放下手，只輕拍她肩膀：

「我走了。妳要多照顧自己。」

提起行李，他笑了笑，再揮揮手，便轉身走了。

看了父親的背影一會，葉梅桂才說：「我們也走吧。」

搭車回去的路上，葉梅桂一坐定，便靠在椅背，閉上眼睛。

『妳睡一覺吧，到了我再叫妳。』

「我不是想睡覺，只是覺得累而已。」

『又覺得累？』

「你放心。」她睜開眼睛：「身體雖然累，但心情很輕鬆。」

『嗯，很好。』

「剛剛我跟爸爸在20分鐘內講的話，比過去十年加起來還多。」

『嗯，這樣也很好。』

「時間過得好快。」

『嗯。時間過得快也是好事。』

「一些不想記起的事，現在突然變得好清晰。」

『嗯，清晰很好。』

「喂！」她坐直身子，轉頭瞪了我一眼：

「你就不能說些別的話嗎？不要老是說很好很好的。」

『妳知道李冰嗎？』我想了一下，問她。

不過她沒反應，將頭轉了回去。

『妳知道李冰的都江堰嗎？』

她索性把眼睛閉上，不想理我。

『妳知道李冰的都江堰是中國有名的水利工程嗎？』

「我知道！」她又轉頭朝向我：「你別老是不把話一次說完。」

『那妳知道妳的聲音很大嗎？』

她似乎突然想起人在車上，於是瞪我一眼，再低聲說：

「你到底想說什麼，快說。」

『都江堰主要可以分為三大工程：魚嘴分水分沙、飛沙堰排沙洩洪、

寶瓶口引進水源並且控制洪水。由於都江堰的存在，使得成都平原
　兩千多年來"水旱從人、不知饑饉"，四川便成了天府之國。』
「然後呢？」
『都江堰確實是偉大的水利工程，但妳不覺得，它偉大得有點誇張？
　它竟然用了兩千多年，而且到現在還發揮引水和防洪的作用。』
「好，它偉大得很誇張。然後呢？」
『然後我累了，想睡覺。』
「你說不說？」葉梅桂坐直身子，斜眼看我。

我輕咳了兩聲，繼續說：
『都江堰的工程原則是正面引水、側面排沙。魚嘴將岷江分為內江和
　外江，引水的內江位於彎道的凹岸，所以較多的泥沙會流向外江。
　再從堅硬的山壁中鑿出寶瓶口，用以引進內江的水。因此便可以從
　寶瓶口引進江水，然後分水灌溉。不過內江的水還是會有泥沙。』
「哦，所以呢？」

『為了防止泥沙進入寶瓶口，所以在寶瓶口上游修築飛沙堰，過多的
　洪水和泥沙可經由飛沙堰排回外江，但仍有少量泥沙進入寶瓶口。
　也由於寶瓶口的壅水作用，泥沙將會在壅水段淤積。』
「你的重點到底在哪裡？」
『如果放任這些泥沙的淤積，妳以為都江堰還能用兩千多年嗎？』

說完後，我靠著椅背。然後深深地，呼出一口氣。
「喂，你怎麼又不說了？」她問。
『李冰真是既偉大又聰明，我正在緬懷他。』
「你少無聊。」她瞪我一眼：「你還沒說，那些淤積的泥沙怎麼辦？」

『每年冬末枯水期時，會進行疏浚和淘淤的工作，清除這些泥沙。』
我轉頭看著她，再接著說：
『這就是都江堰能順利維持兩千多年的原因。』

「你幹嘛這樣看我？」
『妳在心裡淤積了十年的泥沙，現在開始動手清除，我當然會一直說
　很好很好，因為我很替妳高興啊。』
「嗯。」
過了一會，葉梅桂才微微一笑，然後低下頭。

『其實每個人都像都江堰一樣，過多的泥沙雖然可由飛沙堰排出，
　但剩餘的泥沙，還是得靠自己動手清除。』
「嗯。」
『玫瑰。』我又看了看她，拍拍她的肩膀：
『我很樂意當妳的飛沙堰，但妳還是得親自清除剩餘的泥沙。』
葉梅桂仰頭看了看我，我發覺，她已經愈來愈像夜玫瑰了。
不，或者應該說，她原本就是一朵夜玫瑰，只是綻放得更加嬌媚而已。

『妳如果定期清除淤積在心裡的泥沙，搞不好也能活兩千多歲喔。』
說完後，我笑得很開心。
「你有病呀，人怎麼能活兩千多歲。」
『總之，妳不要再讓泥沙淤積在妳心裡面太久，記得要常清理。』
「我現在心裡面就有一個很大的泥沙堆著。」
『那是什麼？』
「你早上罵我的那一句混蛋。」
她的眼睛睜得好大，好像亮出一把劍，或者說是亮出夜玫瑰的刺。

『玫瑰玫瑰最嬌美，玫瑰玫瑰最豔麗……』我唱了起來。

「喂！」

『我正在唱歌，不要轉移話題。』

「轉移話題的人是你！」

『先睡一下吧，我們都累了。』說完後，我閉上眼睛。

「喂！」

『玫瑰。』我睜開眼睛，叫了她一聲。不過她反而轉過頭去。

『我只是急著叫妳出門，不是在罵妳。我現在跟妳說聲對不起。』

「哼。」她又轉頭看著我，哼了一聲。

『對不起。』

「好了啦。泥沙早清掉了。」她忍不住笑了起來。

下車後，我們一起坐計程車回家。回到七Ｃ時，大約下午兩點半。

我們都有點累，因此各自回房間休息。

我在床上躺了一下，但是睡不著，於是起身坐到書桌前。

當我正準備打開電腦時，葉梅桂敲了敲我半掩的房門，探頭進來說：

「你沒在睡覺吧？」

『正如妳所看到的，我現在坐著啊。』

「我想出去走走。你陪我吧。」

『妳不是都習慣一個人出門？』

「我現在習慣有你陪，不可以嗎？」

『當然可以啊。』

「那你還坐著幹嘛？」

『不可以坐著喔。』
「不可以！」

我看了她一眼，站起身，走了兩步，便往床上躺去。
「躺著也不可以！」
『哈哈，開玩笑的。』我立刻站起身：『我把東西收一下就走。』

葉梅桂走進我房間，四處看了看，說：
「你房間好髒。」
『因為沒人幫我打掃啊。妳要幫我嗎？』
「柯志宏。」她走過來拍拍我肩膀：
「我很樂意當你的飛沙堰，但你房間的泥沙還是得靠你親自清理。」
說完後，葉梅桂很得意，咯咯笑個不停。

我很仔細地觀察葉梅桂，我發覺她變得非常明亮。
夜玫瑰在我的眼睛裡愈來愈大，我已經可以看清楚她的每片花瓣。
這一定是因為我很靠近她的緣故。

我突然又想起第一次在廣場上跟學姐一起跳夜玫瑰時的情景。
那時學姐的身影在我眼睛裡不斷被放大，最後我的眼裡，
只有在月色映照下的，黑夜裡的那一朵紅。
但現在是白天啊，我怎麼會隱約看到學姐的臉呢？
「喂！」葉梅桂出了聲，叫醒了我：「走吧。」

葉梅桂並不是沒有目的地般亂晃，她應該是有特定想去的地方。
她載我在路上騎了一會，停下車，然後示意我跟她走進一家咖啡廳。

『咦？』我指著遠處的路口：『從那裡拐個彎，就到我公司了。』

「嗯。我以前也在這附近當老師。」說完後，她走進咖啡廳。

『真的嗎？』我也走進咖啡廳：『真巧。』

她直接走進一張靠窗的桌子，落地窗外對著一條巷子。

巷內頗有綠意，下午的陽光穿過樹葉間，灑了幾點在桌布上。

拿 MENU 走過來的小姐一看見葉梅桂，似乎有點驚訝，隨即笑著說：

「葉老師，很久沒來了哦。」

「是呀。」葉梅桂回以溫柔的微笑。

那位小姐也朝著坐在葉梅桂對面的我笑一笑，再問葉梅桂：

「這位先生怎麼稱呼？」

『小姐妳好，我姓柯。』我立刻站起身，伸出右手：

『我是玫瑰的男朋友，妳叫我小柯就行。請多多指教。』

那位小姐笑得很開心，然後伸出右手象徵性地跟我握一握。

「妳別聽他胡說，他才不是我男朋友呢。」

『玫瑰。』我仔細地看著葉梅桂：『妳怎麼臉紅了？』

「我才沒有！」葉梅桂很用力地瞪我一眼。

小姐笑了笑，問葉梅桂：「還是點一樣的東西？」

葉梅桂點點頭：「嗯。不過要兩份。」

小姐雙手收起 MENU，將 MENU 由內往外，逆時針轉 360 度。

她走後，我問葉梅桂：『今天不用扮演妳的男朋友嗎？』

「當然不用。」葉梅桂又瞪我一眼。

『那妳幹嘛臉紅？』

「我說過我沒有！」

葉梅桂提高音量，在櫃臺的小姐聞聲回頭看一看，然後笑一笑。

「你很欠罵哦。」葉梅桂壓低聲音說。
『喔。』我轉移一下話題：『妳幫我點什麼？』
「她們這家店的特調咖啡，還有手工蛋糕。」
『妳常來這家店？』
「嗯。以前下課後，常常會來這裡坐坐。」
『難怪那位小姐會認識妳。』

「這家店的老闆是一對姐妹，剛才來的是妹妹，我跟她們還算熟。」
葉梅桂頓了頓，接著說：「考你一個問題。」
『喔？什麼問題？』
「你猜她們是什麼人？」
『女人啊。這一看就知道了啊，難道會是人妖嗎？』
「廢話。我的意思是，她們來自哪個國家？」

『嗯……』我仔細回想剛剛那位小姐的樣子，然後說：
『她們是日本人。』
「你怎麼會知道？」葉梅桂很驚訝。
『身為一個工程師，一定要有銳利的雙眼，還有敏銳的直覺。』
「你少胡扯。告訴我，你怎麼猜到的？」
『妳想知道嗎？』
「嗯。」

『今天妳請客，我才告訴妳。』
「那算了。」葉梅桂說完後，拿起窗邊的一本雜誌，低頭閱讀。

『好啦，我說。』

「今天你請客，我才要聽。」她的視線仍然在雜誌上。

『好，我請。可以了吧？』

「嗯。」她放下雜誌，微微一笑，抬頭看我。

『妳仔細回想一下她剛剛收 MENU 的動作。』

「沒什麼特別的呀。」葉梅桂想了一下。

『我做個動作給妳看，妳要看清楚喔。』

我將雙手五指併攏、小指跟小指互相貼住，讓手心朝著臉，

距眼前十公分左右。然後雙手由內往外，逆時針轉 360 度。

最後變成姆指跟姆指貼住、手心朝外。

『看清楚了嗎？』

「嗯。」葉梅桂跟著我做了一遍。

『這是日本舞的動作。她剛剛收起 MENU 時，順手做了這個動作。』

「哦。」葉梅桂笑著說：

「難怪我以前老覺得她們收 MENU 時，好像把 MENU 轉了一圈。」

『嗯。不過她的動作還是有些瑕疵，並不標準。』

「哪裡不標準？」

「葉老師，這是妳們的咖啡和蛋糕，請慢用。」

那位小姐把咖啡和蛋糕從托盤一樣一樣拿出，擺在桌上，笑著說：

「還有，這是我們新做的餅乾，也是手工製的，姐姐想請妳們嚐嚐。」

她再從托盤拿出一碟餅乾，朝我們點個頭，然後收起托盤。

又做了一次日本舞的動作。

『謝謝。』我和葉梅桂同時道謝。

「真的耶。」等小姐走後，葉梅桂笑著說。

『嗯。她做的動作很流暢，拍子也剛好是三拍，抓得很準。』

「那到底哪裡不標準？」

『嗯。喝完咖啡再說。』

「我現在就要聽。」

『乖乖喔，別急。哥哥喝完咖啡就告訴妳。』

「喂！」

『咳咳。』我輕咳兩聲，放下咖啡杯，接著說：『關鍵在眼神。』

「眼神？」

『嗯。』我點點頭：『這是日本女人的舞蹈動作，不是男人的舞步。』

「所以呢？」

『所以眼睛不可以直視手心。應該要稍微偏過頭，斜視手心。』

「幹嘛要這樣？」

『日本女人比較會害羞，這樣可以適度表達一種嬌羞的神情。』

「哦。」葉梅桂應了一聲，點點頭。

『妳剛剛的臉紅，也是一種嬌羞。』

「我沒有臉紅！」葉梅桂情急之下，拍了一下桌子。

葉梅桂拍完桌子後，似乎覺得有些窘，趕緊若無其事地翻著雜誌。

翻了兩頁後，再抬起頭瞪我一眼：「我不跟你說話了。」

然後靜靜地看雜誌，偶爾伸出右手端起咖啡杯，或是拿起一塊餅乾。

我看她一直沒有抬起頭，似乎是鐵了心不想理我。

於是我偷偷把她的咖啡杯和裝餅乾的碟子，移動一下位置。

她伸出右手摸不到後，有點驚訝地抬起頭，然後再瞪我一眼。

「無聊。」她說了一句。

除了每天早上出門上班前的交會外，我很少在白天時，看著葉梅桂。
像這種可以在陽光下看著她的機會，又更少。
可是現在，我卻可以看到下午的陽光從窗外樹葉間灑進，
最後駐足在她的左臉，留下一些白色的光點。
窗外的樹葉隨著風，輕輕搖曳。
於是她左臉上的白色光點，也隨著移動，有時分散成許多橢圓，
有時則連成一片。
恍惚間，我好像看到一朵玫瑰，在陽光下，隨風搖曳。

我看了她一段時間後，突然想起，我也很少看見陽光下的學姐。
那時社團的例行活動，都在晚上。
除了在廣場上的例行活動外，其他的時間，我很少看到學姐。
即使有，也通常是晚上。
陽光下的學姐會是什麼模樣呢？會不會也像現在的葉梅桂一樣？

我注視著葉梅桂，漸漸地，她的臉開始轉變。
我好像看到學姐的臉，而且學姐的臉愈來愈清楚。
那是一張白淨的臉，應該是白淨沒錯。
雖然我看到學姐的臉時通常是在晚上，但在白色水銀燈光的照射下，
要判別膚色顯得更輕易。
而且在靠近右臉的顴骨附近，還有一顆褐色的痣，是很淡的褐色。
沒錯，學姐的臉就是長這樣，我終於又記起來了。

廣場上夜玫瑰與眼前夜玫瑰的影像交互重疊，

白天與黑夜的光線也交互改變。

我彷彿置身於光線扭曲的環境，光線的顏色相互融合並且不斷旋轉，

導致影像快速地變換。

有時因放大而清晰；有時因重疊而模糊。

我睜大了眼睛，努力看清楚真正的影像。

就好像努力踮起腳尖在游泳池內行走，這樣鼻子才可以露出水面呼吸。

一旦腳掌著地，我便會被回憶的水流淹沒。

我的腳尖逐漸無法支撐全身的重量，我快撐不住了。

「喂！」葉梅桂突然叫了我一聲：「幹嘛一直看著我？」

她的臉似乎微微一紅，臉頰的紅色讓眼前的夜玫瑰更像夜玫瑰。

於是我回到咖啡廳、回到窗外的陽光、回到眼前的夜玫瑰。

我腳一鬆，腳掌著地。而游泳池內的水位，也迅速降低。

『沒什麼。』我喘了幾口氣。

「怎麼了？」她闔上雜誌，看著我：「不舒服嗎？」

『沒事。』我恢復正常的呼吸：『今天的陽光很舒服。』

「是呀。」她笑了笑：「我以前最喜歡傍晚時來這裡坐著。」

『真的嗎？』

「嗯。這時候的陽光最好，不會太熱，卻很明亮。」她手指著窗外：

「然後一群小朋友下課回家，沿途嬉鬧著，那種笑聲很容易感染你。」

『是啊。』我終於笑了笑：『可惜今天放假，小朋友不上課。』

「嗯。我好想再聽聽小朋友的笑聲。」

『那就再回去當老師吧。』

「再回去……當老師嗎?」葉梅桂似乎進入一種沉思的狀態。

『妳本來就是老師啊,當然應該回去當老師。』

「當然嗎?」

『嗯。』

「這樣好嗎?」

『爲什麼不好?』我反問她。

「你知道我爲什麼不再當幼稚園老師嗎?」

『妳不說,我就不知道。』

葉梅桂喝下最後一口冷掉的咖啡,再緩緩地說:

「我在這附近的幼稚園,當過兩年老師。每天的這個時候,是我最快樂的
  時間。」她笑了笑,接著說:「那時小朋友們都叫我玫瑰老師。」

『玫瑰老師?』我也笑了笑:『一聽就知道一定是個很可愛的老師。』

「你又知道了。」她瞪了我一眼。

『當然啊,小朋友又不會說謊,如果不是美得像是一朵嬌媚的玫瑰,
  他們才不會叫玫瑰老師呢。小朋友的世界是黑白分明,大人的世界
  才會有很多色彩……』

「說完了嗎?還要不要聽我說呢?」

『我說完了。請繼續。』

「在我的學生中,我最喜歡一個叫小英的小女孩,她眼睛又圓又大,
  臉頰總是紅撲撲的,笑起來好可愛。只要一聽到她叫我玫瑰老師,
  我就會想抱起她。下課後,我常會陪著她,等她母親接她回去。」

葉梅桂轉頭朝向窗外,然後說:

「有一天,卻是她父親來接她回去。」

『爲什麼？』

「因爲小英的母親生病。」

『喔。』

「那天他跟我聊了很多，我反正下課後也沒事，就陪他多聊了一會。」

『然後呢？』

「從此，她父親便常常來接她回家。」

『喔。』

「每次來接小英時，他總會跟我說說話。有時他說要順便送我回家，
但我總認爲不適當，就婉拒了。」

『嗯。』

「有一天，他突然告訴我，他很喜歡我……」

『啊？』我心頭好像突然被針刺了一下，於是低聲驚呼。

「幹嘛？」

『沒什麼。只是……只是突然覺得有點刺耳。』

「刺什麼耳？我又不喜歡他。」

『還好。』

「還好什麼？」

『還好妳不喜歡他。』

我鬆了一口氣。

「如果我喜歡他呢？」

『那當然不行。』

「爲什麼不行？」

『因爲這樣會破壞人家的家庭。』

「如果是小英的叔叔喜歡我呢？」
『那還是不行。』
「如果是小英的舅舅喜歡我呢？」
『不行。』
「如果是小英的哥哥呢？」
『不行就是不行。只要是男的就不行。』
「爲什麼？」
『妳少囉唆。』
「喂！」

『好啦，妳繼續說，別理我。然後呢？』我問。
「我聽到他說喜歡我以後，心裡很慌亂，下課後便不再陪著小英。」
『嗯。』
「結果他便在下課前來到幼稚園，在教室外等著。」
『他這麼狠？』
葉梅桂瞪了我一眼，接著說：
「我總是盡量保持距離，希望維持學生家長和老師間的單純關係。」
『嗯，妳這樣做是對的。』

「漸漸地，其他學生家長和同事們覺得異樣，於是開始有了流言。」
『妳行得正，應該不必在乎流言的。』
「可是這些流言後來卻傳入小英的母親耳裡。」
『那怎麼辦？』
「我想不出解決的辦法，又不想面對別人異樣的眼光，便想離開這家
　幼稚園。」
『妳就是這樣不再當幼稚園老師？』

「如果只是這樣，我還是會當老師，只不過是在別家幼稚園而已。」
『難道又發生了什麼事嗎？』

「我打算要離開前，就聽說小英的父母離婚了。」
『啊？妳怎麼知道？』。
「有一天小英的母親跑進教室，把小英抱走，臨走前看了我一眼。」
葉梅桂也看了我一眼，接著說：
「我永遠記得她那種怨毒的眼神。雖然只有幾秒鐘，我卻覺得好長。」

葉梅桂轉動一下手中的咖啡杯，嘆口氣說：
「她又在小英耳邊說了幾句話，然後手指著我。小英的眼神很驚慌，
　好像很想哭卻不敢哭，只是睜大眼睛看著我。說來奇怪，我彷彿從
　小英的眼神中，看到了18歲的自己。沒想到我竟然成了我最痛恨的
　那種人。隔天就有人告訴我，小英的父母離婚了。」
『這並不能怪妳啊。』
「話雖如此，但我無法原諒自己。馬上辭了工作，離開這家幼稚園。」

「原本想去別家幼稚園，但我始終會想起小英和她母親的眼神。」
她端起咖啡杯，發現咖啡已經沒了。無奈地笑了笑，改喝一口水，說：
「後來我就搬了家，搬到現在的住處。勉強找了份工作，算是安身。」
『妳不喜歡現在的工作吧？』
「不算喜歡。但我總得有工作，不是嗎？」她反而笑了笑：
「我才不想讓我父母覺得我沒辦法養活自己呢。」
『喔。』我不知道該說什麼，只是應了一聲。

「我每天下班回家，總覺得空虛和寂寞，常常一個人坐在客廳發呆。

跟同事們相處，也隔了一層。我喜歡聽小孩子的笑聲，她們則喜歡
　名牌的衣物和香水，兜不在一塊。後來我發現了小皮……」
『就是那隻具有名犬尊貴血統的小皮？』
「你少無聊。」她瞪了我一眼，繼續說：
「牠總是趴在巷口便利商店前，我去買東西時，牠會站起身看著我，
　搖搖尾巴。我要走時，牠會跟著我走一段路，然後再走回去。」
『嗯，果然是名犬。』我點點頭。

「有一晚，天空下著雨，我去買東西時，並沒有看到牠，我覺得有些
　訝異。等了一會，正想撐開傘走回去時，卻看到小皮站在對街。」
『喔？』
「牠看到我以後，就獨自穿越馬路想向我跑來。可是路上車子很多，
　牠的眼神很驚慌，又急著跑過來，於是跑跑停停。我記得那時有輛
　車子尖銳的煞車聲，還有司機的咒罵聲，我心裡好緊張又好害怕。
　等牠快走到這邊時，我立刻拋下手中的傘，跑出去緊緊抱著牠。」
『為什麼？』

「我不知道為什麼，就覺得小皮跟我好像好像。我只知道那時雨一直
　打在我身上，而我的眼淚也一直掉。」
她似乎回想起那天的情況，眼睛不禁泛紅。
她趕緊做了一次深呼吸，再緩緩地說：
「那晚我就抱牠回家了，一直到現在。」
她又看著窗外，光線逐漸變紅，太陽應該快下山了。

『小英和她母親的眼神，也是淤積在妳心裡的泥沙，應該要清掉。』
「我知道。可是畢竟是因為我，才會變成這個樣子。」

『妳有做了什麼嗎？』

「沒有。」

『那又怎麼會跟妳有關？』

「可是……」

『我舉個例子給妳聽，好不好？』

葉梅桂看著我，點點頭。

『有個小孩在陽台上不小心踢倒花盆，花盆落地，嚇到貓，貓驚走，
　狗急追，騎機車青年為閃躲狗而騎向快車道，後面開車的女人立刻
　緊急煞車，最後撞到路旁的電線桿而當場死亡。妳以為，誰應該為
　開車女人的死負責？小孩？花盆？貓？狗？青年？還是電線桿？』

「你在胡說什麼？」

『妳以為，只是因為小英的父親認識妳，然後喜歡妳，才導致離婚？』

「難道不是這樣嗎？」

『那妳應該怪幼稚園的園長。』

「為什麼？」

『如果他不開幼稚園，妳就不會去上班，小英也不會去上課，那麼
　小英的父親就不會認識妳，於是小英的父母便不會離婚。』

「這……」葉梅桂張開口，欲言又止。

『如果玩這種接龍的遊戲，那麼一輩子也接不完。』

她看了我一眼，低頭不語。

『就以我跟妳來說吧，妳認為我們之所以會認識，是因為誰？』

「是因為小皮吧。」葉梅桂微微一笑：

「如果不是小皮把我大學同學氣走，你就不會搬進來了。」

『為什麼不說是因為妳？如果妳不抱小皮回去，她就不會搬走啊。』

「說得也是。」

『那我也可以說，是因為台南公司的老闆，我們才會認識。』

「為什麼？」

『如果那個老闆不跑掉，我也不會上台北，當然就不會認識妳啊。』

「哦。」她應了一聲。

『所以囉，不要玩這種接龍的遊戲。妳應該再回去當老師的。』

「這樣好嗎？」

『我只想問妳，妳喜不喜歡當老師？』

「喜歡。」

『妳能不能勝任當老師的工作？』

「可以。」

『那就回去當老師吧。』

葉梅桂安靜了下來，窗外也漸漸變暗，太陽下山了。

『妳知道美國嗎？』

「當然知道。問這幹嘛？」葉梅桂很疑惑地抬頭看我一眼。

『妳知道美國的密西西比河嗎？』

「嗯。」

『妳知道美國的密西西比河曾經截彎取直嗎？』

「喂！」她瞪我一眼：「把話一次講完。」

我笑了笑，接著說：

『美國人當初為了航運之便，就把密西西比河很多彎曲的河段，截彎
　取直。可是密西西比河說，老天生下我就是彎的，我偏不想變直。』

「胡扯。河又不會說話。」

『變直後的密西西比河努力左衝右撞，希望能恢復原來的彎度。後來
　美國人沒辦法，只好不斷地在河的兩岸做很多護岸工程，全力阻止
　密西西比河再變彎。妳猜結果怎麼樣？』

「我猜不到。」她搖搖頭。

『密西西比河就說：好，你不讓我左右彎，那我上下彎總可以吧。』

我笑了笑，一面學著毛毛蟲蠕動的樣子，一面說：

『結果密西西比河就上下波動，於是很多地方的河底都呈波浪狀喔。』

「是嗎？」

『嗯。後來有些已經截彎取直的河段，只好讓它再由直變回彎。』

「哦。」葉梅桂只是簡單應了一聲。

『一條河都能堅持自己的樣子，朝著自己所喜歡的路走，不畏懼任何

艱難和障礙……』我微微一笑，看著她的眼睛：

『更何況是人呢。』

葉梅桂的眼睛閃啊閃的，過了一會，眼神變得很亮。

『玫瑰。千萬不要輸給密西西比河喔。』

「嗯。」

她點點頭，然後看著我，沒多久便笑了起來。

『再回去當老師吧。』我說。

「好。我會考慮的。」她說。

窗外的街燈把巷子照得燈火通明，黑夜已經降臨。

「我們走吧。」葉梅桂看了看錶。

『嗯。』

我們走到吧台邊，除了拿MENU的妹妹外，還有一個女孩。

她應該就是葉梅桂所說的，這對姐妹檔中的姐姐。

「葉老師，好久沒見了。」姐姐笑著說。

「嗯。」葉梅桂也笑著說：「以後我會再常來的。」

「這位先生也要常來喔。」姐姐朝我點個頭。

『我一定常來。』我說。

「一定喔。」姐姐微微一笑。

『當然囉。妳們煮的咖啡這麼好喝，我沒辦法不來。』

「謝謝。」姐姐用手背掩著嘴笑：「你真會說話。」

『我是實話實說。我待會一定沒辦法吃晚餐。』

「爲什麼？」

『因爲我不想讓晚飯的味道，破壞剛剛殘留在唇齒之間的咖啡香啊。』

「呵呵……」姐姐又笑了，連妹妹也跟著笑。

『我……』我正準備再說話時，瞥見葉梅桂的眼神，只好改口：

『我們走了。Bye-Bye。』

我和葉梅桂走出店門口，我轉頭跟她說：

『這對姐妹都很漂亮，但姐姐更勝一籌。』

她瞪我一眼，並未回話。

『真好，這裡就在公司附近，以後可以常來。』

「你很高興嗎？」

『是啊。』

「你一定很想笑吧？」

『沒錯。』我說完後，哈哈笑了幾聲，不多不少，剛好七聲。

「哼。」她哼了一聲，然後才開始繼續往前走。

回到七Ｃ，我看看時間，不禁拍了一下自己的腦袋：

『唉呀，剛剛應該順便吃完晚飯再回來的。』

「你不是說，不想讓晚飯破壞咖啡香嗎？」葉梅桂坐了下來。

『那是開玩笑的。』

「原杉子可不這麼認為。」

『原杉子？』

「那個姐姐姓原，叫杉子。」

『真是好聽的名字啊。』我嘖嘖讚嘆了幾聲。

「是嗎？」她抬頭看我一眼，我感覺有一道無形的掌風。

『不過再怎麼好聽，也沒有葉梅桂這個名字好聽。』

「來不及了。」她站起身：「你今晚別想吃飯。」

說完後，她走進廚房。

『妳要煮東西嗎？』

「沒錯。」

『有我的份嗎？』

「沒有。」

『那我下樓去買。』

「不可以。」葉梅桂轉過頭，看著我。

『可是我餓了啊。』

「誰叫你亂說話。」

『我又沒說錯什麼。』
「你跟原杉子說了一堆，還說沒有。」
『有嗎？』我想了一下：『沒有啊。』

「那你幹嘛說你會常去？」
『妳常去的話，我當然也會常陪妳去。』
「你怎麼知道我會常去？」
『妳自己親口告訴原杉子妳會常去的啊。』
「那你剛走出咖啡店時，為什麼那麼高興？」
『玫瑰。』我走近她身旁，再說：
『那是因為妳終於考慮再回去當老師，我當然很替妳高興啊。』

「哼。」過了一會，她才哼了一聲：「又騙人。」
『我是說真的。我真的很替妳高興。』
說完後，我轉身準備走進房間。
「你要幹嘛？」她又開口問。
『回房間啊。』
我停下腳步，回頭看著她。

「你不用吃晚飯的嗎？」
『妳不是不准我吃？』
「我叫你不吃你就不吃嗎？你哪有這麼聽話。」
『妳是老師啊，妳說的話當然是對的。』
「你少無聊。」她打開冰箱看了一會：
「沒什麼菜了，不夠兩個人吃。你陪我下樓去買吧。」
『兩個人？妳才一個人啊。』

「廢話。連你算在內，不就是兩個。」
『幹嘛把我算在內呢？』
「你走不走？」葉梅桂拿起菜刀。

我們下樓買完菜回來，葉梅桂便在廚房忙了起來。
「你知道下星期一開始，捷運就恢復正常行駛了嗎？」
她在廚房切東西，頭也不回地說。
『是嗎？』我很驚訝：『我不知道。』
「你真迷糊。」

『那這麼說的話，我就可以恢復以前的日子囉。哈哈……』
「幹嘛那麼高興？」
『當然高興啊。我起碼可以多睡 20 分鐘啊，天啊，20 分鐘呢！』
「無聊。」
『妳盡量罵我吧，現在的我是刀槍不入啊。哈哈，20 分鐘啊！』
我低頭抱起小皮：『小皮，你一定也很高興吧。我們終於熬出頭了。』
「你真是有病。」

「下次再亂說話，我就罰你沒晚飯吃。」
葉梅桂把菜端到客廳，說了一句。
我手一鬆，放下手中的小皮，靜靜地看著她，然後發楞。
這句話好熟悉啊，學姐以前就是用這種口吻罰我多做幾次邀舞動作。

我記起來了，學姐的聲音柔柔軟軟的，不嘹亮但音調很高，
好像在無人的山中輕輕唱著高亢的歌曲一樣。
對，學姐的聲音就是這樣，沒有錯。

學姐正在我耳邊唱歌，「花影相依偎」這句，學姐唱得特別有味道。

「喂。」葉梅桂叫了我一聲，學姐的歌聲便停在「花影相依偎」。
「不是說餓了嗎？」她微微一笑：「還不快吃？」
『我……』
「笨蛋。吃飯時還有什麼事好想？」她把碗筷遞給我：
「先盛飯吧。」
我把飯盛滿，葉梅桂看我盛好了飯，便笑著說：
「我們一起吃吧。」

於是學姐又走了。

每當下學期快結束時，社團便會為即將畢業的學長姐們，
舉辦一個告別舞會。
我們戲稱這個舞會的名字，叫「The Last Dance」。

這個舞會沒什麼太大的特別，只是快畢業的社員通常都會到。
因為這將是他們最後一次在廣場上跳舞的機會。
還有，每個即將離開廣場的人，都有權利指定一支舞。

我只是大三，並不是「The Last Dance」中的主角。
但學姐已經大四，她是主角。

是啊，學姐快畢業了。
而我還有一年才畢業。
每當想到這裡，我總會下意識地看一下廣場。
我不知道學姐不在後的廣場，是否還能再圍成一個圓？

「The Last Dance」舉辦的時間，就在今晚。
距離第一次跟學姐跳夜玫瑰的夜晚，已經一年三個多月。
在等待夜玫瑰出現的夜晚裡，總覺得時間很漫長。
可是終於來到「The Last Dance」時，
我卻會覺得那段等待的時間，不夠漫長，時間過得好快。

學姐今晚穿的衣服，跟她在廣場上教夜玫瑰時的穿著是一樣的，
身上同樣有難得的紅。
學姐的人緣很好，廣場上的人都會搶著邀學姐跳舞。

即使是不邀請舞伴的舞，也有人爭著緊挨在她身邊。

我一直遠遠望著學姐，沒有機會擠進她身邊。
我的視線穿過人群的空隙，靜靜地看著夜玫瑰。
偶爾學姐的目光與我相對，她會笑一笑、點點頭。
有時會拍拍手，示意我剛剛的舞跳得不錯。
舞一支支過去，學姐的身邊始終圍著一圈人。

我最靠近學姐的舞，是以色列的水舞，學姐在我對面。
如果把我跟學姐連成直線，這條直線剛好是圓的直徑。
原本這種距離在圓圈中是最遠，但向著圓心沙蒂希跳時，
我們反而最接近。

沙蒂希跳時，圓圈內所有人的口中會喊著：「喔……嘿！」，
「嘿」字一出，左足前舉，右足單跳。
以往學姐總是要我要大聲一點。
不過今晚我第一次做沙蒂希跳時，卻無法嘿出聲音。

但學姐第一次做沙蒂希跳時，很努力將舉起的左腳往我靠近。
由於用力過猛，身體失去重心而摔倒，幸好兩旁的人拉起她。
學姐只是笑一笑，沒有疼痛的表情。

快要做第二次沙蒂希跳前，學姐眼神直盯著我，並朝我點點頭。
我也朝學姐點點頭。
於是我和學姐幾乎拖著兩旁的人往圓心飛奔，

同時將左腳伸長、用力延伸，試著接觸彼此。
但還差了一公尺左右。
而我口中，終於嘿出了聲音。

我們一次次嘗試，左腳與左腳間的距離，愈來愈短。
在最後一次，我們舉起的左腳，終於互相接觸。
而我在嘿出聲音的同時，也嘿出了眼淚。

是的，學姐。廣場是我們共同的記憶。
無論是妳第一次拉我走入圈圈的田納西華爾滋，
還是現在的水舞，今晚的每一支舞，都曾經屬於我們。
我們的腳下，踩過美國、踏過日本，
並跨過以色列、波蘭、土耳其、馬來西亞、匈牙利、希臘……

世界就在我們的腳下啊！

水舞快結束了，音樂重複著「Mayim……Mayim……」的歌聲。
圈圈不斷順時針轉動，就像我們不斷繞著世界走一樣。
學姐，是妳將我帶進這個世界中，我永遠會記得。

水舞結束後，所有的人還圍成一個圓。
我跟學姐都席地而坐，略事休息。眼神相對時，交換一個微笑。
廣場上突然傳來：「接下來是今晚的最後一支舞了。」
在眾人的嘆氣聲中，學姐迅速起身，朝她左手邊方向奔跑。
「最後一支舞，是由意卿學姐所指定的……」

我突然驚覺,也迅速起身,往我右手邊快跑。

學姐往左邊,绕圓圈順時針跑動;
我則往右邊,绕圓圈逆時針跑動。
我們兩個總共绕了半個圓,相遇在最後一句話:

「夜玫瑰。」

13

我又回到剛來台北上班時的生活習慣，八點20起床，八點半出門。
葉梅桂便又開始比我早五分鐘出門。
以前我們維持這種出門上班的模式時，她出門前並沒有多餘的話。
如今她會多出一句：「我先出門了，晚上見。」
我則會回答：『嗯，小心點。』

她還會在客廳的茶几上，留下一顆維他命丸，與一杯半滿的水。
我會喝完水、吞下藥丸，再出門。
當然如果不是穿著北斗七星褲的話，我還得跟小皮拉扯一番。

也許是習慣了擁擠，或者說是習慣了這座城市，
我不再覺得，在捷運列車上將視線擺在哪，是件值得困擾的事。
下班回家時，也不再有孤單和寂寞的感覺。
我只想要趕快看到陽台上那盞亮著的燈，
還有客廳中的夜玫瑰。

改變比較多的，是我的工作量。
剛上班時，我的工作量並不多，還在熟悉環境之中。
但現在我的工作量，卻大得驚人，尤其是納莉颱風過後。
為了不想讓葉梅桂在客廳等太久，我依然保持七點半離開公司的習慣，
但也因此，下班時的公事包總是塞得滿滿的。
而我睡覺的時間，也比剛上班時，晚了一個半鐘頭。

每天下班回家，吃完飯洗完澡，在客廳陪葉梅桂說一下話後，

我就會回房間，埋首於書桌前。

然後我在房間的書桌，她在客廳的沙發，度過一晚。

由於我和她都很安靜，又隔了一道牆，因此往往不知道彼此的狀況。

於是每隔一段時間，我會走出房間看看她的樣子。

如果她依然悄悄地綻放，我就會放心地回到書桌上。

而她也會每隔一段時間，從我半掩的房門探進身來看看我。

當眼角的餘光瞄到她時，我會立刻轉過頭看著她。

她有時是笑一笑，就回到客廳；

有時則問我要不要吃點什麼？或喝點什麼？

即使我已經比以前晚一個半鐘頭才睡覺，我仍然比葉梅桂早睡。

因此睡覺前我還會到客廳跟她說說話，和逗逗小皮。

『我先睡了，妳也早點睡。晚安。』

「嗯，晚安。」

這通常是我們在每一天要結束前，最後的對白。

偶爾我覺得這種對白太單調，便會在進房間睡覺前跟她說：

『玫瑰。』

「幹嘛？」

『願妳每個沉睡的夜，都有甜蜜的夢。』

「你有病呀。」

『還有，妳睡覺時，習慣舉右手？還是左手？』

「我怎麼會知道。」

『如果妳習慣右手高舉，會很像自由女神喔。』

「無聊。」

『還有……』

「你到底睡不睡？」

『是。馬上就睡。』然後我會立刻閃身進房。

工作量變大並不怎麼困擾我，最困擾我的是，跟老闆之間的相處。

主管對我的工作表現，還算滿意，常會鼓勵我。

可是老闆對我，總是有些挑剔。

「小柯，你的辦公桌未免太亂了吧。」老闆走近我的辦公桌。

我沒說話，只是探頭往疏洪道更亂的辦公桌上看了看。

「你不必跟他比較，他比你亂又如何。難道可以因為別人已經搶劫，
你就認為你偷東西是對的？」

『這……』

「一位優秀的工程師應該是井井有條、有條不紊，你連辦公桌都無法
整理好，工作怎麼會認真？」

我只好放下手邊的工作，開始收拾辦公桌。

而我和老闆對工作上的意見，也常會相左。

「我們是工程顧問公司，不是行政單位，只能做建議。」老闆說。

『我知道。所以我們更應該提供專業上的意見。』

「你知道你所謂的『專業意見』，會造成多大的影響？」

『我不懂你所謂的影響是指哪方面？』我問。

「反正這些意見不能出現在報告中。」老闆淡淡地回答。

『為什麼不行？難道有錯嗎？』

「也許是對的，但我不管。總之，照我說的做。」

『可是……』

老闆揮揮手，阻止我再說下去，然後說：「你可以走了。」
我只好離開他的辦公室。

每當我跟老闆有一些衝突時，疏洪道總會勸我：
「你知道河流都怎麼流嗎？」
『就這樣流啊。』
「河流總是彎彎曲曲地流，這樣流長會比較大，坡度才不會太陡。」
『這我知道啊。』
「所以囉……」疏洪道拍拍我肩膀，笑了笑：
「你這條河流太直了，應該要再彎一點。」

疏洪道平常很白爛，可是規勸我時，卻很溫和與正經。
我心裡很感激他。
我在台北，除了疏洪道和我大學同學——藍和彥（攔河堰）外，
幾乎沒有所謂的朋友。
當然，我是沒有把葉梅桂算在內的。

因為在我心裡面，葉梅桂不只是朋友。
在我的感覺中，她應該比較像是親人或家人。
或是一種，在生活中有了她會很習慣與安心，
但從沒想過沒了她會如何的那種人。

所以我一旦想到，要將我與葉梅桂歸納為何種關係時，
總會很自然地跳過。
不管是朋友、親人還是家人，都無所謂。
反正對我而言，她是一朵嬌媚的夜玫瑰。

今天早上，老闆看到我時，又跟我說：

「小柯，你的衣服太花了，一位優秀工程師的穿著應該很素淨。」

我低頭看了看我的衣服，是藍格子襯衫，也就是疏洪道所說的，

格格 blue 那件。

老闆走後，疏洪道幸災樂禍地笑著。

中午和疏洪道吃過飯後，他又提議要一起喝杯咖啡。

好像只要他看到我挨老闆的罵時，都會想跟我喝咖啡。

於是這陣子，我幾乎天天喝咖啡。

今天我心血來潮，帶他到原杉子姐妹所開的咖啡店。

「柯先生，你好。」原杉子的妹妹把 MENU 遞給我，笑著說。

『妳好。』我微微一笑。

「這位……」她指著坐在我對面的疏洪道，問我。

『他是我同事。只是個小角色，不用理他。』

「喂。」疏洪道低聲抗議。

她笑了笑，朝他點了點頭。

原杉子的妹妹走後，疏洪道問我：

「她長得滿漂亮的，你們認識嗎？」

『算認識。』我趨身向前，低聲告訴他：『她姐姐更漂亮喔。』

「真的嗎？」

『嗯。』

「你怎麼知道她有姐姐？」

『待會你去吧台結帳時，就可以看到她。』

「那如果她看到我長得也很帥時，會不會惺惺相惜，然後不收錢？」
我攤開報紙，裝死不理他。

喝完咖啡，我們走到吧台結帳。
「柯先生，又看到你了。」原杉子笑得很開心。
「我是工程師，小柯只是副工程師，我比較厲害。」
我正要開口說話時，疏洪道突然開口，眼睛直視原杉子。
原杉子似乎有點驚訝，我倒是習以為常。

我從口袋中掏出錢，準備要付我的那份。
疏洪道又突然抓著我的手，說：
「小柯，你那份薪水太微薄了，不像我的薪水那麼豐厚。」
他掏出錢，臉朝著原杉子說：
「更何況我一向義薄雲天、仗義疏財、情深義重、急公好義，所以
　就讓我慷慨解囊吧。」

『喔？你要請客嗎？』我瞄了瞄他，有點疑惑：『那就多謝了。』
「不必客氣。」他拍拍我肩膀後，又將臉朝向原杉子：
「我除了在工作上腳踏實地、認真負責之外，在待人接物上，也深獲
　大家愛戴，可謂有口皆碑、眾望所歸。」
『我們走了，下次再來。』
我裝作沒聽到他的話，跟原杉子點個頭後，便拉他走出店門。
「我還要說啊……」
疏洪道被我拉出店門口後，嘴裡還念念有詞。

『你在幹嘛？』我問疏洪道。

「小柯，她好漂亮。」他似乎沒聽到我的話。

『是啊，原杉子是很漂亮。那又如何？』

「原杉子？」他很驚訝：「你說她叫原杉子？」

『是啊，有問題嗎？』

「難道這是上天註定的嗎？」

『你到底在幹嘛？』

「真是無法抗拒的邂逅啊。」他又沒聽到我的話，繼續喃喃自語。

『喂！』

我叫了一聲，疏洪道似乎醒了過來。

「小柯。」他轉頭看著我：「原杉子這名字，不能讓你想起什麼嗎？」

我努力想了一下，不禁低聲驚呼：『啊！這是……』

然後我們異口同聲地說：

『員山子分洪！』

沒錯，所謂的員山子分洪工程，主要是在基隆河上游員山子段，

開挖一條分洪隧道，將部分洪水導入隧道，然後排至台灣東北角外海，

以減輕基隆河中下游水患。

這條分洪隧道，長約兩公里多，當然也算是疏洪道。

「她是原杉子，我是疏洪道。我們是註定要在一起的。」

『這只是諧音而已，沒太大意義。』

「怎麼會沒意義？」疏洪道似乎很激動：

「這麼重大的工程，我們一定要抱著寧可信其有、不可信其無的心態，

　不可以在任何一個細節疏忽。所以我們要接受老天的安排！」

『你想太多了。』

「不，我很認眞。爲了確保工程順利，我一定要跟原杉子在一起。」
疏洪道握緊雙拳，大聲說：「天啊，我責任重大啊！」
我又開始裝死了。

下午上班時，我突然想到了諧音的問題。
葉梅桂與夜玫瑰，也是諧音。
我第一次聽到葉梅桂說她也可以叫做「夜玫瑰」時，我雖然很驚訝，
但我應該只是當成諧音而已。
可是現在，葉梅桂的一舉一動、一言一行，哪怕只是一個眼神，
我都是理所當然地認定，她是夜玫瑰。

如果葉梅桂不叫葉梅桂，而叫做葉有桂或是葉沒鱉的話，
我還會當她是夜玫瑰嗎？

正在胡思亂想之際，手機響起，是攔河堰打來的。
「晚上有空嗎？一起吃個飯吧。」
『可以啊。不過，爲什麼突然想一起吃飯？』
「介紹個朋友給你認識。」
『什麼樣的朋友？』
「來了就知道。」
『好吧。』
然後他跟我說了餐廳的詳細地址，我們約晚上八點。

掛上電話，我立刻撥給葉梅桂，告訴她這件事。
「好呀，你去吧。」她說。
『謝謝。』我說。

「幹嘛道謝？」

『因為……因為……』我想了半天，實在想不出為什麼我要說謝謝？

「是不是因為我很漂亮？」

『沒錯。因為妳很漂亮，所以我要謝謝妳。』

「無聊。」她笑了笑：「你去吧，別太晚回家。」

『是。』

下班後，我坐計程車到那家餐廳，然後直接走進去。

攔河堰和他女朋友，還有一個我不認識的女孩，已經坐著等我了。

他的女朋友我早已認識，我大四時，就是幫攔河堰寫情書給她。

她叫高萍熙，跟台灣第二長的河流 —— 高屏溪，是諧音。

高萍熙如果跟藍和彥結合，就變成高屏溪攔河堰。

我曾說過，攔河堰可以抬高上游水位，以便將河水引入岸邊的進水口。

一般的攔河堰是堅硬的混凝土製成，平時雖可抬高水位以利引水，

但洪水來襲時，卻也會因為抬高水位而不利於兩岸堤防的安全性。

不過高屏溪攔河堰不同，它是橡皮所製成。

平時可允氣脹起，便可像一般的攔河堰一樣，抬高水位以利引水；

而洪水時，則可洩氣倒伏，使洪水順利宣洩，確保堤防安全。

我突然想到，他們也是諧音啊。

難道因為諧音的關係，就可以有註定在一起的理由？

而我，會不會在一開始只因為葉梅桂的諧音是夜玫瑰的關係，

就開始覺得她像夜玫瑰？

久而久之，便覺得她的一舉一動、一言一行，沒有一樣不像夜玫瑰？

就像《列子》說符篇「亡鈇意鄰」中的文章所說：
因為自己丟了斧頭，懷疑是鄰居的兒子所偷，
於是看他走路的樣子、臉上的神色、一言一行、一舉一動，
都像是偷了自己的斧頭一樣。
可是等自己找到斧頭之後，便不再覺得鄰居的兒子偷了斧頭。
其實鄰居的兒子根本沒有任何改變，不管是說話、神色和舉動。
只因為自己覺得是，於是他就像偷斧頭的人；
等到斧頭找到後，他就不是偷斧頭的人了。

會不會我也是這麼看待葉梅桂？
只是因為諧音是夜玫瑰，於是我認為她是夜玫瑰。
如果有一天，真正的夜玫瑰（如果有的話）或是學姐出現，
我會不會就不再覺得，葉梅桂是夜玫瑰了？

「喂！」攔河堰叫了我一聲，我才猛然驚醒。
然後他指著那個女孩對面的空位，說：「快坐下吧。」
我打量了她一眼，看起來是 20 幾歲，戴一副眼鏡，五官還算清秀。
我朝她點了點頭，算是打招呼，然後坐下。
「我幫你們介紹一下。」攔河堰指著我：「柯志宏，我大學同學。」
然後再指著她：「艾玉蘭，我女朋友的同事。」

他介紹完後，我還沒說話，艾玉蘭就對我說：
「我的名字雖然是玉蘭花的玉蘭，但請叫我愛爾蘭。」
『愛爾蘭？』我很疑惑。
「沒錯。愛爾蘭，愛爾蘭，愛你的……」
她雙手由下往上，各自畫了一個圓弧，看起來很像是開花的動作。

「蘭。」
我嚇了一跳，手中的餐巾紙順勢滑落。

「很浪漫吧。因為愛爾蘭的『爾』字，剛好是『你』的意思。」
『是啊。』我雖然應了一聲，但還是覺得心有餘悸。
「以後就請叫我愛爾蘭吧。」
『愛……愛……』
「愛爾蘭，愛爾蘭，愛你的……」她又做了一次開花動作：「蘭。」
我又被嚇了一次。

我使個眼色，把攔河堰叫到洗手間。
『喂，什麼意思？』我問他。
「幫你介紹女孩子啊。」他回答。
『為什麼？』
「如果不是你以前幫我寫情書，我怎麼會有現在的女朋友呢？所以我要
　報答你啊。」
『你這不叫報答，這叫報復。』
「你別亂說，她人不錯的。」

『可是，你為什麼要介紹她給我呢？』我又問。
「因為我爺爺說……」
『喂！』我趕緊搗住他的嘴：『可以了喔。』
「先聽我說完嘛。」攔河堰把我的手拿開，接著說：
「我爺爺說，你喜歡的人是一朵花，所以那個人會有花的名字。」
『啊？真的嗎？』
「嗯。」他點點頭：「我拜託我女朋友找了很久呢。」

『可是這個艾小姐，好像有點奇怪。』
「哪裡奇怪？艾小姐名字有花，動作也像花，簡直是為你而生啊。」
『喂！別開玩笑了。』

我和攔河堰回到座位，沒多久菜便端了上來。
我很專心吃飯，盡量把視線放低，專注於餐盤上。
「柯先生住哪裡？」愛爾蘭，不，是艾小姐又問我。
『艾小姐，我住……』
「請別叫我艾小姐，叫我愛爾蘭。」她放下刀叉，然後再說：
「愛爾蘭，愛爾蘭，愛你的……」她又開了一次花：「蘭。」
我這一驚非同小可，嘴角的肌肉突然鬆弛，然後抽搐了幾下。
少許的湯汁順勢從嘴角流出。

剛好經過我身旁的男服務生，右手立刻掏出上衣口袋的手巾，
在空中揮舞了一下，然後說：
「先生。請允許我用本餐廳特製的絲質手巾，拂去您尊貴的嘴角旁，
若有似無的殘紅碎綠吧。」
我看了一眼他揮舞手巾的動作，我猜測這家餐廳的老闆是土耳其人。
因為這是土耳其舞「困擾的駱駝」中，領舞者揮舞手巾的動作。
今天到底是什麼日子？為什麼我會碰到奇怪的人？
甚至連餐廳的服務生都很奇怪。

我只好很小心翼翼，避免又讓愛爾蘭做出開花動作。
言談中盡量用「妳」來稱呼她，避免直呼她的名諱，或叫她艾小姐。
可是攔河堰不知道是無心還是故意，總會稱她艾小姐。
「愛爾蘭，愛爾蘭，愛你的……」於是她會一次又一次不斷開花。

「蘭。」
我的胃一定是抽筋了。

這頓飯其實並沒有吃太久，但我卻覺得時間過得好慢。
而且這家餐廳的附餐好多，一道又一道地端上來。
『沒有了吧？』我總會問服務生。
「尊貴的先生啊，您看起來很困擾喔。」服務生是這麼回答的。
我猜得沒錯，他一定會跳「困擾的駱駝」。
好不容易上完了附餐，大家也準備走了，我才鬆了一口氣。

走出餐廳門口，我趕緊跟攔河堰和他女朋友，以及愛爾蘭告別。
攔河堰湊近我耳邊小聲說：「有蘭堪折直須折，辣手摧花不負責。」
我正想給他一拳時，愛爾蘭叫了我一聲，我只好轉過頭看著她。
「別忘了哦。」愛爾蘭跟我說。
『忘了什麼？』我很疑惑。
「愛爾蘭，愛爾蘭，愛你的……」
她這次的花開得好大好大：「蘭。」
『哈哈……哈哈……』我乾笑了幾聲，聲音還發抖。
然後眼神朝著攔河堰，用力瞪他一眼，再說：『我一定沒齒難忘。』

我加速度逃離，攔住一輛計程車，撲上車。
回到樓下大門時，剛好碰到牽著小皮散步回來的葉梅桂。
『好久沒見了。』我說。
「你有病呀，我們今早才見過面而已。」
『可是我卻覺得過了好久好久。』
「無聊。」

她說完後，將拴住小皮的繩子交到我手上。

「我們一起回去吧。」她說。

『嗯。』我笑了笑。

其實我並沒有開玩笑，我是真的覺得已經很久很久沒看到她了。

就像一個人漂流在海上，最後終於看見陸地一樣。

也許只漂流一天，但在漂流的過程中，你會覺得好像過了一個月。

總之，我就是有那種浩劫餘生的感覺。

而且還有一種，回到家的感覺。

同樣是花的名字，眼前的葉梅桂卻讓我覺得很自在。

她的眼神像玫瑰、害羞時像玫瑰的顏色、生氣時像亮出玫瑰的刺、

要睡覺前伸展雙手的動作更像正要綻放的玫瑰。

只有葉梅桂，才可以在任何小地方都像是夜玫瑰。

不管我是不是「亡鈇意鄰」那篇文章中所說的，那個丟掉斧頭的人，

但葉梅桂就是夜玫瑰，誰來說情都沒用。

別的女孩即使也像是一朵花，但很可惜，那並不是夜玫瑰。

蘭花或許很名貴，我卻只喜歡玫瑰。

「來猜拳。」在樓下大門前，葉梅桂突然說。

『好。』

結果我出石頭、她出布，我輸了。

「你開門吧。」

『喔。』我從口袋掏出鑰匙，打開大門。

我們走到電梯口，久違的字條又出現了：

如果我有一千萬，我就能修好故障的電梯。

我有一千萬嗎？沒有。

所以這仍然是故障的電梯。

如果有人來修電梯，你就不必爬樓梯。

有人來修電梯嗎？沒有。

所以你只好乖乖地爬樓梯。

如果把整個太平洋的水倒出，也澆不熄你對我亂寫字的怒火。

整個太平洋的水全部倒得出嗎？不行。

所以你不會生氣。

我跟葉梅桂互望一眼，異口同聲說：

「痞子蔡的《第一次的親密接觸》！」

然後她笑了起來，我則罵了一句白爛。

「白爛是指誰？吳馳仁？還是痞子蔡？」她問。

『當然是指吳馳仁啊。』我說。

我也突然想起，吳馳仁和「無此人」，也是諧音。

『嗯……』我再看了一眼字條上的字，問她：

『妳覺得吳馳仁這次的字怎樣？』

「寫得不錯，算是又進步了。」

她也看了一眼，接著說：

「而且他上次說這不是電梯，現在又回到電梯已經故障。可見他再從
見山不是山的境界，進步到見山又是山的境界。」

『是嗎？』我很疑惑地看著她：『妳怎麼都不會覺得他無聊？』

「你才無聊。」她瞪了我一眼。

回到七Ｃ，我們分別在沙發上坐定後，葉梅桂說：

「喂，跟你說一件事。」

『什麼事？』

「我今天把工作辭了，下星期開始，就不必去上班了。」

『啊？』我大吃一驚，不禁站起身。

「幹嘛那麼驚訝？」

『當然驚訝啊。爲什麼辭了呢？這樣的話，妳怎麼辦？』

「你會擔心嗎？」

『會啊。』

「你騙人。」

『喂！』

葉梅桂看了我一眼，然後笑出聲音。

『有什麼好笑？』

「沒事。」她停止笑聲，簡單回答。

然後拿起遙控器，打開電視。

『喂！』

「幹嘛？」

『妳還沒告訴我，爲什麼要把工作辭掉。』

「哦。」她的視線沒有離開電視，淡淡地說：

「不把工作辭掉，怎麼回去當老師呢？」

『玫瑰。』我不自覺地叫了她一聲。

「幹嘛？」

『我好感動。』

「你有病。」

『妳真的要回去當老師嗎？』

「是呀。」

『玫瑰！』我又叫了一聲。

「又想幹嘛？」

『我真的好感動。』

「你真的有病！」

『小皮！』我叫了小皮一聲，小皮慢慢走向我。我抓起牠的前腳：

『太好了，姐姐又要回去當老師了。』

「當老師有什麼好高興的。」

『那是妳喜歡的工作啊，我當然很高興。』

我走近她的沙發，伸出右手：

『來，我們握個手，表示我誠摯的祝賀之意。』

「無聊。」她伸出右手輕拍了一下我的右手。

『那妳打算到哪裡教呢？老師這工作好找嗎？』

我坐回沙發，想了一下，又問她。

「我今天跟以前的園長通過電話，他歡迎我回去。」

她把電視關掉，轉頭看著我：「所以我下星期就會回去當老師。」

說完後，她的嘴角揚起笑意。

『玫瑰！』我很興奮地站起身，朝她走了兩步。

我走的速度太快，以致於跨出第二步時撞到茶几，我痛得蹲下身子。

「怎麼了？」她低下頭，聲音很溫柔：「痛不痛？」

『我腳好痛，可是心裡很高興。』

「幹嘛這麼激動？」她伸出右手，輕拍一下我的頭。然後說：

「有沒有受傷？」

『擦破了一點皮而已。』我撩起褲管，看了一眼。

「你坐好，我去拿紅藥水。」說完後，她站起身走回房間。

葉梅桂走出房間後，手裡多了紅藥水和棉花棒。

她用棉花棒沾了一些紅藥水，然後蹲下身問我：

「傷口在哪裡？」

我正準備低頭指出傷口的位置時，她又問我：

「對了，你今天吃飯的情形怎麼樣？」

『愛爾蘭，愛爾蘭，愛你的……』我也做一次開花動作：『蘭。』

「你在幹嘛？」

她抬頭看著我，眼神很疑惑。

『這是今天跟我吃飯的那個女孩子的招牌動作。』

「你今天不是跟你大學同學吃飯？」

『是啊。可是他說要幫我介紹女孩子……』

話一出口，我暗叫不妙。

果然她把棉花棒拿給我，說：「你自己擦吧。」

然後她站起身，坐回沙發，又打開電視。

我手裡拿著棉花棒，僵了一會，才說：

『我要去吃飯之前，並不知道他要幫我介紹女孩子啊。』

她並沒有理我，拿著遙控器，換了一次頻道。

『如果早知道他要介紹女孩子給我，我一定不會去的。』

她仍然不理我，電視頻道轉換的速度愈來愈快。

『管她是什麼花，蘭花又如何？我還是覺得玫瑰最漂亮。』

電視的頻道停在 Discovery，但她還是不理我。

『下次他找我吃飯時，我會先問清楚。如果他又要介紹女孩子給我，
　我一定大親滅義。』

「小皮。」她低頭叫了一聲，然後手指著我：

「去問那個人，什麼叫大親滅義？」她講「那個人」時，還加重音。

『喔。我跟妳比較親，跟他則有朋友之義，當然要大親滅義。』

「哼。」她哼了一聲後，說：「小皮，去叫那個人快點擦藥。」

『喔。』我低下頭，突然不想擦藥，只是在傷口周圍畫了一圈。

然後又畫了一個箭頭，寫了幾個字。

「小皮。」她又叫了一聲：「去問那個人，為什麼擦藥要那麼久？」

『喔，是這樣的。妳看看。』

我把腳舉起，上面寫了紅色的字：「傷口在這裡 → (」。

「喂！」她突然站起身：「你在幹嘛？」

『妳剛剛問我一句：傷口在哪裡？』我也站起身說：

『我想我應該要回答妳的。』

「小皮！」她突然聲音變大：「去告訴那個人，他可以再無聊一點！」

我馬上坐下來，用棉花棒沾紅藥水，乖乖地塗抹傷口。

「小皮。去告訴那個人，電視機下面第一個抽屜，有 OK 繃。」

我走到電視機旁，打開抽屜，拿出 OK 繃，貼在傷口上。

「小皮。去告訴那個人,以後不要再這麼不小心了。」

原本小皮在她叫「那個人」時,頭在我和她之間,輪流擺動。

沒想到小皮這次卻向我走過來。我低下身,在牠耳邊說了一句。

「小皮。那個人說了什麼?」

我又在小皮耳邊,再說一次。

「喂!你到底說什麼?」

『小皮沒告訴妳嗎?』

「喂!」

『我說我以後會小心的。』

「哼。」

然後我們都坐了下來,Discovery 頻道正播放一個洪水專輯。

我很仔細地看著電視,因為這跟我有關,而且我必須認真研究。

葉梅桂似乎看出我的專注,便不再轉台,只是靜靜地陪我看電視。

節目結束後,我看了看牆上的鐘,快 11 點半了。

我伸一伸懶腰,跟她說:

『今天一定是奇怪的日子,因為我老碰到奇怪的人。』

她先抬起頭看著我,然後視線又回到電視上,換了一個頻道。說:

「小皮。去告訴那個人,今天是我生日。」

『啊?』我很驚訝,停止伸懶腰的動作,問她:『真的嗎?』

「騙你幹嘛?」

『為什麼現在才說?』

「這十年來,我並沒有過生日的習慣。有什麼好說的。」

她的反應很平淡。

我迅速起身，先檢查一下皮夾有沒有錢，轉身走到陽台。

「你要幹嘛？」她轉頭看著我。

『去買蛋糕啊。』

「這麼晚了，蛋糕店早關門了。」

『忠孝東路有一家24小時營業的蛋糕店。』

「不用了。」她又將視線轉回電視上：「何必那麼麻煩。」

我沒回話，一面用手開門，一面用腳穿鞋子。

「喂！」她叫了一聲：「太晚了，不要出去。」

『我很快回來，別擔心。』我走出門一步，又探頭回來往客廳：

『是28歲，沒錯吧？』

「對啦！」她似乎很不情願。

『妳要那種"28"的數字蠟燭？還是兩根大蠟燭、八根小蠟燭？』

「隨便。」

我再走出一步，又回過頭：『確定是28嗎？妳看起來真的不像。』

「柯志宏！」她突然站起身大聲說。

我用跑的出門。

深夜的計程車通常不會開進小巷子，所以我得跑一段距離。

上了計程車，直奔忠孝東路的蛋糕店。

我一進蛋糕店，隨便指著一個冰櫃中的蛋糕：『就這個。』

老闆慢條斯理地拿出蛋糕，準備包裝時，問我：

「過生日的人，是你的親人？朋友？還是你喜歡的人？」

『有差別嗎？』我很疑惑。

「當然有差囉，我們可是專業的蛋糕店呢。」他笑了一笑：

「如果是親人，我們會用親人包裝法。如果是朋友，我們會多送幾個
　紙盤子。如果是你喜歡的人，我們會送一張卡片。」
『啊？為什麼？』
「如果是親人，綁蛋糕的結會比較好解，這樣就不必用剪刀剪繩子。
　剪繩子不太吉利，會折壽星的壽，我們都希望壽星長命百歲吧。」

他停止手邊的動作，又接著說：
「如果是朋友，吃蛋糕時會喜歡砸壽星的臉，我們當然要提供更多的
　紙盤子。如果是喜歡的人，一定要藉著生日，寫點情意綿綿的話，
　所以我們會給你一張卡片。我們可是專業的蛋糕店呢。」
『好。』我不加思索，趕緊說：『她三種都是。』
「喔？」他先是楞了一下，又笑著說：
「先生，你很會做生意喔。要不要考慮來我們店裡上班？」
『別開玩笑了。』我很著急：『請快一點。』

「好吧。」他又笑了笑：
「那我就用親人包裝法，再多送你幾個紙盤子和一張卡片。」
『嗯。請快一點。』
他包裝蛋糕時，我頻頻看錶，心裡很急。
「先生，請在這張卡片上寫字吧。」
『我回去再寫。』
「這樣不行喔。這個蛋糕是由我們店裡賣出去的，我們一定要負責，
　所以請你寫幾句話。我們可是專業的蛋糕店呢。」

我立刻在卡片上寫上：玫瑰，祝妳生日快樂。
「這樣而已嗎？」他搖搖頭：

「誠意不夠，會影響本店的信譽。我們可是專業的蛋糕店呢。」
我又加上：以後的日子天天快樂，就連快樂也要嫉妒妳。
「還是不夠誠意。」他又搖搖頭。
我只好再加上：願妳永遠像夜玫瑰，嬌媚地綻放。

「嗯……勉強可以。請再簽個名吧。」
我簽上：柯志宏。
「柯志宏？這名字很普通，確定是你本人嗎？你有帶身份證嗎？」
『喂。』
「不好意思。因爲我們是專業的蛋糕店，一定要很認眞。」
我還眞的掏出身份證給他看我的名字。

「對了，過生日的人幾歲？」他又問。
『28。』
「先生，原來你喜歡小你十歲的女孩子啊。」
『我也才28！』我聲音突然變大。
「哈哈，我開玩笑的。」他笑得很開心：
「先生啊，幫人慶生時要放輕鬆。這是專業的蛋糕店給你的建議。」
我心裡罵了一句混蛋，趕緊掏出一張千元大鈔，準備付帳走人。

他拿著那張鈔票，雙手舉高，在燈光下看了半天。
『怎麼了？』我很緊張：『是假鈔嗎？』
「喔。」他仍然繼續看著那張鈔票：「這是眞鈔啊。」
『那你幹嘛看那麼久？』
「你不覺得這種藍色的鈔票，在燈光下看起來很美？」
『喂！快找錢！』

「是的。」他收下鈔票說：「一共是 360 元，要找你 540 元。」

『是 640 元才對。』

「先生啊，你真的不考慮來我們店裡上班？即使在這種心急的情況，
　你的算術依然好得很，真的不簡單。」

『喂！』我聲音愈來愈大：『快找錢！』

拿了零錢和蛋糕，我立刻衝出店門。

「先生啊，下次千萬不要再忘了你喜歡的人的生日喔，不然買蛋糕時
　會被捉弄啊。這是專業的蛋糕店……」

他的聲音還在我背後響起，不過他後面說什麼我就沒聽到了。

上了計程車，回到樓下。

我立刻衝進門，上電梯，跑回七C。

只剩六分鐘就 12 點了，我趕緊把蛋糕放在茶几上，解繩子。

混蛋，什麼叫親人包裝法？結還是打得那麼緊。

我只好用嘴巴幫手的忙，努力解開繩子。

「用剪刀吧。」葉梅桂拿了把剪刀遞過來。

『不行。』我嘴裡咬著繩子，搖搖頭，含糊地說著。

「如果要用牙齒，叫小皮就好了呀。」她笑著說。

呼……總算解開了。

我拿出蛋糕，把蠟燭插上，急著點火，卻找不到打火機。

『打火機、打火機……』

我把蠟燭拔出，跑到廚房，扭開瓦斯爐，點燃後，再插回蛋糕上。

『關燈、關燈……』

我站起身，準備跑去關燈。

「等等。」葉梅桂突然說。

「你看你，滿頭大汗的。」
她走近我，手裡拿著面紙，幫我擦去額頭的汗。
『待會再擦吧，快12點了。』
「不行。」她又換了一張新的面紙：「把汗擦乾再說。」
她再擦拭了一次。
『可以關燈了吧。』
「嗯。」

我關了燈，坐近她身旁。
清了清喉嚨，抱起小皮，抓住牠的前腳，邊拍邊唱：
『祝妳生日快樂，祝妳生日快樂……』
「你搶拍了。」
『沒關係的，先讓我唱完。』
「不行。」她笑了笑：「你唱那麼快，是詛咒我快死嗎？」
我只好放慢速度，再唱：『祝妳生日快樂……』
「太慢了。你希望我拖拖拉拉地過日子嗎？」
『玫瑰，別玩了。讓我好好唱。』
「好吧。」她笑得很開心。

『許願吧。』唱完生日快樂歌後，我說：
『可以許三個願望，前面兩個說出來，最後一個不要說。』
「嗯。」她雙手合十，閉上眼，低著頭，輕聲說：
「第一個願望，我希望那個人以後不迷糊，凡事都會小心點。」
她這次講「那個人」時，不再加重音，只是輕輕帶過。

「第二個願望，我希望那個人工作順利，日子過得平平安安。」

『第三個願望千萬別說出來喔。』我低聲叮嚀她：
『也不要把願望浪費在我身上。』
「你管我。」她睜開眼睛，瞪了我一眼：
「我的生日我最大。而且我有說那個人就是你嗎？」
『喔。既然不是我的話，那我就可以繼續迷糊，工作也可以不順……』
「喂！」她打斷我的話：「別亂說。」
『好。』我笑了笑：『趕快許最後一個願望吧。』

葉梅桂又閉上眼、低下頭，雙手合十。
看起來好像是含苞的夜玫瑰，花瓣緊緊包著花蕊。
客廳內沒有燈光，只有微弱的蠟燭火光。
於是我第一次看到，在火光下搖曳的夜玫瑰，靜謐而嬌媚。
並且安靜地，等著綻放。

她許完願，吹熄蠟燭，我再打亮客廳的燈，離12點只剩30秒了。
『好險喔。』我笑了笑，跟她說：『生日快樂。』
「謝謝。」她也笑了笑。
然後她切開蛋糕，我們坐下來吃蛋糕。
我坐在她左手邊的沙發，而不是靠陽台的那張沙發。
『咦？這張沙發好像比較軟。』我在沙發上坐著，彈來彈去。
「是嗎？」她淡淡地說：「那你以後就坐這裡好了。」

『真的可以嗎？』我問。
「廢話。你想坐哪便坐哪。」

『玫瑰。』

「幹嘛？」

『我好感動。』

「你可以再無聊一點。」

『我真的好感動。』

「喂！」

『玫瑰。』

「又想幹嘛？」

『很抱歉，時間太倉促，我沒準備禮物。』

「又沒關係。你已經買了蛋糕，我就很高興了。不用再送我禮物。」

『是嗎？』我拍拍胸口：『還好。』

「喂，你好像很不想送我禮物哦。」

『不是不想，而是妳的禮物太難送了。』

「為什麼？」

『因為沒有任何一種禮物可以配得上妳。』

「無聊。」

她拿起裝著蛋糕的塑膠袋，看了看裡面：

「怎麼有這麼多紙盤子？」

『喔。』我只好說：『那個老闆很客氣，他多送的。』

我當然不敢告訴她，這是可以用來裝蛋糕然後往臉上砸的。

因為我一定不夠心狠手辣，不可能砸她；

但她若要往我臉上砸時，未必會眨眼睛。

「咦？還有一張卡片。」

她拿起卡片，看著上面的字。然後唸出：

「玫瑰，祝妳生日快樂。」

「以後的日子天天快樂，就連快樂也要嫉妒妳。」

「願妳永遠像夜玫瑰，嬌媚地綻放。」

『不好意思。』我搔搔頭：『當時很趕，字跡比較潦草。』

「不會的。」她笑了笑：「寫得很好看。」

她又仔細地看著那張卡片，然後說：

「不過，『願妳永遠像夜玫瑰，嬌媚地綻放』這句，寫得不好。」

『哪裡不好？』

「我根本不必像夜玫瑰呀。」

『為什麼？』

我不僅疑惑，而且很緊張。

因為如果連葉梅桂都說她自己根本不像夜玫瑰的話，

我豈不是成了「亡鈇意鄰」那篇文章中所說的，那個丟掉斧頭的人？

「笨蛋，我就是夜玫瑰，幹嘛還像不像的。」

葉梅桂笑得很開心，眼神蕩漾出笑意，聲音充滿熱情。

剛剛在黑暗中含苞的夜玫瑰，突然在這時候綻放。

我終於明白了，我絕對不是那個丟掉斧頭的人。

因為……

葉梅桂就是夜玫瑰。

「學弟，快！」學姐喘著氣：「快邀我。」
我不加思索，挺胸收小腹、直身行禮、膝蓋不彎曲。
右手平伸，再往身體左下方畫一個完美的圓弧。
我右手動作剛停，學姐的右手幾乎在同時輕拉裙襬，並彎下膝。

學姐轉頭朝著向她跑過來準備邀舞的人，微微一笑、聳聳肩。
然後拉著我右手，準備就定位。就定位後，她說：
「學弟，你這次的動作很標準。」
『謝謝學姐。』

「可惜，還有一個瑕疵。」
『瑕疵？』
「嗯。你並沒有面帶微笑。」學姐轉身面對著我：
「來，再微笑一次讓我看看。」

我努力牽動嘴角，想拉出一個完美的弧度，表達微笑。
可是嘴角好像有千斤重，我怎麼拉也拉不起來。
學姐靜靜看了我一會，最後說：
「沒關係的，不必勉強。」

學姐，這已經是我們在廣場上的最後一支舞了。
無論如何，我是沒辦法微笑的。

在「The Last Dance」最後一支舞時，燈通常是暗的。
因為大家習慣在黑暗中告別。

所以「夜玫瑰」的音樂快響起前，燈光漸漸暗了下來。

雖然在黑暗中，我還是能夠很清楚地看到學姐的眼睛。
但我卻看不清她的臉。
我不斷繞著學姐轉動，眼睛一直看著學姐的眼神。
我彷彿看到夜玫瑰的花瓣、花蕊，
還有花瓣上若隱若現的水珠。

學姐輕聲唱著夜玫瑰，聲音雖輕，卻很清楚。
「花影相依偎」這句，學姐唱得好有味道。
每當聽到學姐唱這句時，我總會看到一朵，
黑夜中悄然佇立在荒野的夜玫瑰。
而陪伴她的，只有柔弱月色映照下，自己孤單的影子。

學姐寂不寂寞，我並不知道。
雖然學姐是孤兒，但在社團內，她一定不孤單。
因為社團就是她的家，而且有太多人喜歡她。
可是過了今晚，學姐就要離開了。
她一定會覺得孤單吧？

學姐的歌聲，讓我聽到入神，而忘記腳下的動作。
等我驚覺時，音樂已經走到「花夢託付誰……」。
夜玫瑰結束了。

音樂一停，便有好多人摸黑來跟學姐告別，學姐笑得好開心。

等身旁的人一一離去，她在黑暗中四處張望，很快便發現了我。
她對我招了招手，我馬上走過去。

「要不是以前常在黑暗中找你，現在就找不到了。」
學姐笑了一笑，然後說：
「陪我走一段路吧。」
『嗯。』

我們離開廣場，一路上都沒有交談，往學姐的腳踏車走去。
她走得很慢，偶爾還會回頭往廣場的方向看。
我很想告訴學姐，即使離開了廣場，她也絕對不會孤單。
因為學姐是一朵嬌媚的夜玫瑰，雖然也許她是孤單地綻放，
但一定會有很多人喜歡她、親近她。

終於到了學姐停放腳踏車的地方。
學姐握著把手，輕輕踢掉支撐架，轉頭跟我說：
「學弟，我下星期就會到台北了。」
『學姐找到工作了嗎？』
「嗯，找到了。」
『恭喜學姐。』
「謝謝。」她笑一笑。

「下學期開始，你就大四了。要做學弟妹們的榜樣哦。」
『喔，好。』
「不僅是邀舞時要面帶微笑，跳舞時也是。知道嗎？」

『嗯。我知道了。』
「邀舞要大方、跳舞要輕鬆、學舞要認真。明白嗎？」
『嗯。我明白了。』

學姐牽著腳踏車，開始往前走。我也跟在她身後。
「好像還有很多話要交代，一時之間，卻想不起來。」
學姐笑了笑：「你會覺得學姐囉唆嗎？」
『不會的，學姐。我喜歡聽學姐說話。』
「那你喜歡聽我唱歌嗎？」
『嗯。學姐唱歌很好聽。』
「謝謝。」

「你以後……」學姐又看了看廣場的方向：
「要記得多跟自己，也多跟別人說話。你的話太少了。」
『學姐，妳放心。我會努力的。』
「嗯。這樣就好。」學姐又笑了。

學姐停下腳步，左腳踩上腳踏車的踏板，突然轉頭問我：
「學弟，你覺得夜玫瑰是什麼？」
『夜玫瑰是一首歌、一支舞，還有……』我想了一下：
『還有學姐也很像夜玫瑰。』
「我像嗎？」
『嗯。』我點點頭：『學姐很像夜玫瑰。』
學姐笑了起來，那眼神、那笑容，根本就是夜玫瑰。

「學弟，你喜歡夜玫瑰嗎？」
『學姐，我喜歡夜玫瑰。』
「真的嗎？」
『嗯。』

「好。現在我們不要互稱學姐學弟。」學姐笑了笑：
「你告訴我，你喜歡夜玫瑰嗎？」
『我喜歡夜玫瑰。』
「我再問一次哦。」
『好。』

「你喜歡夜玫瑰嗎？」
『我喜歡夜玫瑰。』

「記住你現在的聲音和語氣。」學姐終於跨上車，說：
「將來，如果有一天，我們再見面時，你一定要再說一次。」
『好。』
「不要忘了這個約定哦。」
『嗯。我不會忘記。』

「可以再說一遍嗎？」
『我喜歡夜玫瑰。』
「再一遍。好嗎？」
『我喜歡夜玫瑰。』

學姐點點頭，騎車離去。

騎了十幾公尺遠，又轉過頭跟我揮揮手。

我聽到學姐在唱「夜玫瑰」。

沒錯，學姐在唱歌，我聽得很清楚。

尤其是「花影相依偎」這句。

學姐總共轉了兩次頭，一次往左、一次往右。

然後就不再回頭了。

我看著學姐的背影，漸行漸遠；聽見學姐的歌聲，愈遠愈細。

夜玫瑰在我眼裡愈來愈小，最後消失在一個轉角。

夜玫瑰一離開我視線，我突然拔腿往前狂奔。

『學姐，妳聽到了嗎？』我大聲說：『我喜歡夜玫瑰。』

『學姐……』

『妳聽到了嗎？』

『我喜歡夜玫瑰。』

『我喜歡夜玫瑰！』

那是我最後一次看到學姐。

14

葉梅桂終於回到幼稚園上班了。
我的生活習慣，又要再改變一次。

因為葉梅桂得早點上課，所以我起床時，她已經出門了。
以前不管是搭捷運或坐公車上班，我總能在出門前看見她。
現在突然無法在出門上班前看到她，我覺得好不習慣。
甚至可以說，我幾乎不想出門。

葉梅桂到幼稚園上課的第一天，她在茶几上留了一張字條。
她用一杯半滿的水壓住那張字條，字條上還放了一顆維他命丸。
字條上寫著：
「我先出門了，晚上見。」
然後畫了一朵玫瑰花。

那朵玫瑰花畫得很仔細，甚至還有枝葉，葉脈條理分明。
而且每一片花瓣的線條也都很清楚。
我看著字條上的玫瑰花，一直發呆。
等我醒來時，已經來不及了。
那天我遲到了十分鐘。

我總是把字條小心翼翼地折起，然後收進皮夾。
每當在公司覺得累時，便會拿出字條，看著玫瑰。
到今天為止，我皮夾裡已經有了九朵玫瑰。

我以前在台南時，是騎機車上班。

剛來台北時，我可以立刻養成搭捷運上班的習慣。

捷運暫停而改坐公車上班的那段時間，我也能適應。

又再回到搭捷運上班時，我更可以馬上進入狀況。

但現在每天上班前看不到葉梅桂，我說什麼也無法習慣。

在九朵玫瑰的時間中，疏洪道反而跟原杉子走得很近。

每天中午吃過飯後，他總會拉我過去喝咖啡。

喝完咖啡後，他會在吧台邊和原杉子聊天。

有時我會在店門外等他，如果等得久了，我就先回公司。

他也因此在下午上班時，遲到了幾次。

不過他根本毫不在乎。

今天我又在原杉子的店門外，等著疏洪道。

看看手錶，準備回公司上班時。疏洪道突然跑出來跟我說：

「小柯，陪我去買花吧。」

『買花幹嘛？』

「我想送原杉子花啊。」

『自己去買。』

「那你說，該買什麼花？」

『我不知道啊。』

「什麼？」疏洪道很驚訝：「你不知道？」

『對啊，我不知道。怎麼樣？』

「身為一個工程師，你竟然不知道要買什麼花？」

『那你就知道？』

「我當然知道啊。」

『既然你知道，又何必問我？』

「我不是在問你，我是在考你。沒想到你連這個都不知道，真可憐。」

『喂！』

我轉身要回公司上班時，疏洪道死拉活拉，還是把我拉去花店。

花店就在原杉子的咖啡店右邊的巷子內。

這家花店不在我回公司的路上，所以我從來沒經過。

一到了花店，疏洪道馬上走進去挑選花朵。

而我卻被店門口左右兩邊牆上，用花拼湊成的字吸引住目光。

左邊牆上的字是：「苦海無邊」；右邊牆上的字是：「回頭是岸」。

老闆走出來看到我後，微微一笑，然後對我說：

「施主，你終於來啦。」

我楞了一下，仔細打量著他。

葉梅桂的生日已過，我不應該再碰到奇怪的人啊。

『我認識你嗎？』我很疑惑地問他。

「心中有海，眼中自然就會有海。」

他說完後，意味深長地對我笑一笑。

我終於想起來了，那是我剛到台北找房子時，所碰到的一個房東。

他看我的神色似乎是已經知道他是誰，於是又笑著說：

「想不到還能再碰到你，我們真是有緣。」

『你怎麼會在這裡？』

「我白天在這裡經營花店，晚上才回家。」

『喔。』我應了一聲：『沒想到你還記得我。』

「我第一次看到你時，便對你留下非常深刻的印象。」

『是嗎？』

「嗯。」他點點頭：「從你的面相看起來，你是個很執著的人。」

『執著？』

「也就是說，在貪、嗔、痴三毒中，你的『痴』，非常嚴重。」

『為什麼？』

「因為你是白痴。」

『喂！』

「哈哈……」他突然笑得很爽朗：「你的反應還是一樣，很直接。」

我開始想裝死不理他，略偏過頭，看著還在挑選花的疏洪道。

「那位先生……」他手指著疏洪道：

「也是執著的人。但你們兩個人的執著方式不同。」

『哪裡不同？』這讓我起了好奇心，只好問他。

「那位先生和你一樣，都很喜歡花。」他笑了笑：

「但他執著的地方在顏色，他只喜歡黃色的花。而你……」

『怎樣？』

「你卻只喜歡一種花。」

我睜大眼睛看著他。他又微微一笑，突然問我：

「就像花園裡百花齊放，你能一眼看出你最喜歡哪種花嗎？」

『當然可以。』

「是哪種花？」

『玫瑰。』

「什麼樣的玫瑰」

『在夜晚綻放的玫瑰花，夜玫瑰。』
他聽完後，笑著說：「這難道還不執著嗎？」
我微微發楞。

「好，讓我再問你。」他看著我：「是哪一朵呢？」
『什麼意思？』
「你喜歡哪一朵夜玫瑰呢？」
『這……』
我突然答不出來，站在當地，發楞了許久。

在我發楞的同時，疏洪道已選好花朵，讓老闆包好，並付了帳。
疏洪道走出店門，拉我準備離開時，我才回過神。
我走了幾步，停下腳步。轉過頭看著那個老闆，剛好接觸他的視線。
「不要忘了我第一次看到你時，所說的話。」他說。
『你說了什麼話？』
「我們不能用肉眼看東西，要用『心』來看。」
『所以呢？』
「所以心中有海，眼中自然就會有海。」

我還想再問時，疏洪道又拉著我走開。
我邊走邊想，試著理出頭緒。
到了公司樓下，卻發現疏洪道不見了。
他大概是經過原杉子的店門口時，就進去了。
看來他今天下午上班，又會遲到。

下午上班時，我又拿出皮夾裡的九朵玫瑰。

然後想起「心中有海，眼中自然就會有海」這句話。
腦中好像突然打了一聲雷，我立刻清醒過來。
這句話的意思不就是：
「心中有夜玫瑰，眼中自然就會有夜玫瑰」？

除了在花店以外，我幾乎很少看見玫瑰花。
即使在剛剛的花店，我也不會想要用「眼睛」尋找玫瑰花。
原來我並不是真的喜歡「有形」的玫瑰，
我喜歡的是，「無形」的玫瑰。

也就是說，因為我心裡有夜玫瑰，
於是在我眼中，自然可以輕易看到夜玫瑰。
我終於明白了。
但是，我心中的夜玫瑰是？

我閉上眼睛，試著用「心」來看夜玫瑰。
過了幾秒，我聽到一段對話。
「當然你也可以叫我，在夜晚綻放的玫瑰花。」
『什麼意思？』
「夜玫瑰。」
這是我和葉梅桂第一次見面時的對話啊。

然後我看到葉梅桂嬌媚的眼神，聽到葉梅桂的聲音。
葉梅桂的影像逐漸被夜玫瑰取代，
或者說，這兩種影像根本就是重疊的。
於是我看到夜玫瑰的枝葉、看到夜玫瑰的刺、

看到夜玫瑰的含苞、看到夜玫瑰的綻放、
看到夜玫瑰的花瓣、看到夜玫瑰花瓣上的水珠。

我在心裡看到的是葉梅桂，也是夜玫瑰。

我剛睜開雙眼，就立刻接觸到字條上的玫瑰。
彷彿看到葉梅桂早上要出門前，從瓶子裡倒出一顆藥丸，
然後走到廚房，倒一杯半滿的水。
接著低下身，從茶几下方拿出一張紙條，坐在沙發上寫字。
她嘴角掛著微笑，開始在紙上一筆一劃，畫一朵玫瑰。
我在心裡大聲說：『玫瑰，別畫了。趕緊出門，妳快遲到了！』
她沒聽見，神情仍然認真而仔細。
終於畫完了，她站起身，把紙條拿高，看了一會後，很得意地笑著。
她看了一眼牆上的鐘，趕緊拿起皮包，蹲下身子摸摸小皮的頭：
「小皮，在家乖乖哦，姐姐很快就回來了。」

我在心裡看到夜玫瑰，於是眼睛中，到處充滿了夜玫瑰。

我立刻站起身，跑出辦公室，衝下樓。
因為我突然很想看到葉梅桂。
可是我不知道葉梅桂上課的幼稚園在哪裡啊。
我只好先跑到原杉子的咖啡店，問她幼稚園在哪？
疏洪道果然也在那裡。

「出了店門口，你先左轉。看到一家西服店後，再右轉。」
原杉子還沒開口，疏洪道便開口說。

『然後呢？』

「然後直走，走到有紅綠燈的交叉口，再右轉一百公尺就到了……」

『謝謝。』我馬上轉身。

「就到了我們公司樓下。」

『喂！』我又回過頭，瞪著疏洪道。

原杉子笑了笑，叫我跟她走到店門口，然後指出詳細的方向。

我說了聲謝謝，便轉頭往前飛奔。

一直跑到幼稚園門口，我才停下腳，喘氣。

我走進幼稚園，傳來一陣小孩子的歌聲，循聲一看，

看到葉梅桂正在戶外，教小孩子唱歌。

在我右前方 20 公尺處，葉梅桂背對著我，坐在草地上。

她前面的小朋友們也都坐在草地上。

她有時雙手輕拍、有時嘴裡唱著歌，

身體也不時微微擺動，我偶爾可以看見她的側臉。

這神情，跟學姐在廣場上教「夜玫瑰」時，是一樣的。

兩朵夜玫瑰的影像，又開始在我心中，交錯與重疊。

直到葉梅桂好像發覺背後有人，轉過身，看到我。

葉梅桂突然站起身，向我跑來；

我也朝著葉梅桂，跑去。

我們相遇在一顆樹旁。

這情景，跟「The Last Dance」中，

我跟學姐在「夜玫瑰」出現時的樣子，是一樣的啊。

「喂！」

葉梅桂叫了我一聲，我又離開夜晚的廣場，回到白天的樹旁。

『喔。』

「喔什麼喔。」她瞪了我一眼：「你來這裡，就是要喔給我聽的嗎？」

『不能用喔嗎？』

「不行。」

『嗯。』

「嗯也不行！」

『那……』我想了想，搔搔頭：『妳好嗎？』

「我很好呀。」

『吃過午飯了嗎？』

「當然吃過了。」

『那妳就不餓了吧？』

「廢話。」她又瞪我一眼：「你到底想說什麼？」

『我不是因為想說話才來這裡的，我是因為想看看妳。』

葉梅桂臉上微微一紅，過了一會，才低頭哼了一聲：「又騙人。」

我們靜靜地站在樹旁，沒多說話。

我一直看著低頭的葉梅桂，有時我閉上眼睛，有時把眼睛睜開。

閉上眼時，我在心裡看到夜玫瑰；睜開眼時，看到的也是夜玫瑰。

不管是葉梅桂或夜玫瑰，我在心裡看到什麼，也會在眼睛中看到。

當葉梅桂的臉頰有了一絲紅暈，我就會看到夜玫瑰嬌豔的花瓣。

當風揚起葉梅桂的髮梢，我就會看到夜玫瑰的枝葉，隨風搖曳。

「對了，你怎麼知道這裡？」葉梅桂抬起頭問我。

『原杉子告訴我的。』
「哦。」她又問：「你為什麼突然想看我？」
『是啊，為什麼呢？』
「我在問你呀。」
『我也不知道，就是突然很想看到妳。』
「嗯。」她笑了笑：「現在你已經看到了呀。」
『嗯。終於看到了，真好。』

「你不應該跑來的，我們晚上就可以見到面了。」
『嗯，說得也是。可是我老覺得上班前看不到妳，很不習慣。』
「笨蛋，有什麼好不習慣的。」
『是真的不習慣。』
「那你以後就跟我一起出門好了。不過……」葉梅桂看著我：
「你那麼貪睡，要你早起大概很難吧。」
『不難，一點都不難。』我趕緊搖搖手：『我一定早起。』
葉梅桂聽完後，笑了起來。

「好吧，你回去上班吧。」
『嗯。晚上妳會回家吧？』
「廢話。我哪天不回家？」
『真好。我晚上又可以看到妳了。』
「嗯。今天別在外面買飯回來吃了。」
『喔？為什麼？』
「在家裡吃就好。」
『我買飯回去後，也是在家裡吃啊。』
「笨蛋，今晚我煮飯。」

『有煮我的份嗎？』

「當然有！」葉梅桂又瞪了我一眼。

『那……我回去上班了。』

「好。」

我走了兩步，往左邊回過頭：『玫瑰。』

「幹嘛？」

『請多保重。』

「無聊。」

我又走了兩步，這次是往右邊回頭：『玫瑰。』

「又想幹嘛？」

『再讓我看妳一眼吧。』

「你有病呀！」

我再往前走，停下腳步又準備要轉頭時，她的聲音在背後響起：

「你可以把頭再轉轉看。」

我二話不說，很阿莎力地跑掉了。

回公司的路上，我邊走邊想，為什麼迫不及待想看到葉梅桂呢？

在等著過馬路的空檔，我突然想起，剛剛轉頭回去看著她的動作。

最後一次看到學姐時，學姐也是這樣回頭啊。

這應該同樣都表示一種依依不捨啊。

綠燈剛亮起，我卻不自覺地往後退。

右腳往後踏、左腳併在右腳旁、右腳再往前輕輕掃過。

咦？這是葉門步啊。

以往學姐在唱「花影相依偎」時，我總是專注地聆聽，
於是腳下的舞步，便會凌亂。
難怪我老記不起來「花影相依偎」時的舞步。
我終於想起來了。

右腳往後踏、左腳併在右腳旁、右腳再往前輕輕掃過，
這就是「花影相依偎」時的葉門步啊。
我還記得，由於我雙腳的動作跟學姐是相反的，
所以學姐是用左腳往前輕輕掃過。
她掃起左腳的動作非常優雅，好像根本不會揚起地面的沙。

關於「夜玫瑰」的記憶拼圖，我終於完全拼起。

是的，我一定是把這張圖，埋藏在心海裡面，很深很深的地方。
久而久之，水面上的泥沙開始沉澱，完全覆蓋了這張圖。
忽然海面起了風浪，底層的泥沙被捲動，於是露出了這張圖的一角。
然後風浪愈來愈大，所有覆蓋在圖上的泥沙都被捲起，
於是整張圖的樣子，又出現了。

但是，是誰造成風浪呢？
一定是葉梅桂。
當我跟她第一次見面，她說她也可以叫做「夜玫瑰」時，
海面就開始颳起風浪，因此露出圖的一角。
然後是葉梅桂的眼神、聲音和動作等等，加大了風浪的強度，
最後終於捲走了覆蓋在圖上的，所有泥沙。

於是學姐的眼神、學姐柔柔軟軟的聲音、學姐白淨臉龐上褐色的痣、
學姐唱夜玫瑰的每一句歌聲、學姐跳夜玫瑰的每一個舞步……
我全都記起來了。

馬路上的紅綠燈，不斷地交換紅色和綠色，
正如現在的我，不斷地交換「過去」和「現在」一樣。
我一直呆站在路旁，卻覺得像正站在海堤上，
而回憶恰似迎面而來的海嘯，把我完全吞沒。

其實我在廣場上的回憶，只到最後一次看見學姐爲止。
夜玫瑰不僅是學姐在「The Last Dance」指定的最後一支舞，
也是我在廣場上的，最後一支舞。
從此之後，我就不再到廣場了。
因爲我相信，廣場上沒了學姐，就像圓沒有圓心，
是沒辦法再圍成一個完整的圓。

學姐走後兩三年內，即使一個簡單的呼吸，也很容易讓我想起學姐。
我還記得，我每晚睡覺前，我一定要跟自己說一句：
『我喜歡夜玫瑰。』
我很努力記下說這句話時的聲音和語氣，因爲學姐說過：
「將來，如果有一天，我們再見面時，你一定要再說一次。」

我也試著多說話，多跟自己說話，也多跟別人說話。
可是我本來就是個安靜的人啊，我的話不多。
但學姐要我多說話，我就多說。
後來開始養狗，我也跟狗說話。

久而久之，我發覺身上塗滿了好多色彩。

但就像讓熊貓拍彩色照片一樣，熊貓本身依舊是黑白的。
只有背景換成彩色。
即使是彩色的照片，我仍然是黑白的熊貓啊。

「小柯！」
我的右手被用力搖了幾下，我醒過來，感覺全身濕漉漉的。
那是因為我剛從回憶的洪流中，被拉起。
「怎麼站在路上發呆呢？」疏洪道拍拍我肩膀：「回去上班吧。」
『喔。』我含糊地應了一聲。
然後跟在疏洪道身後，慢慢走回公司。

「你們兩個到底在做什麼？現在是上班時間，你們不知道嗎？」
老闆看到我們，很生氣地說：
「如果不想幹了，乾脆就寫辭呈給我。還有你，小柯。」
老闆指著我：「跟你說過多少次了，辦公桌要收拾乾淨！」
然後怒氣沖沖地，轉身進他的辦公室。
我到這時才完全清醒。

「我們每天都加班，也不給加班費。才遲到一下子，卻那麼計較。」
老闆走後，疏洪道跟我說。
『你去跟老闆講啊。』
「講什麼？」
『講加班不給加班費，就不應該怪我們遲到。』
「你說得對。」疏洪道站起身，激動地說：「我去跟他說！」

『喂！』我趕緊說：『我開玩笑的。』
但疏洪道還是毅然決然地，昂首走進老闆的辦公室。

過了一會，疏洪道走出老闆的辦公室，說：
「我講完了。」
『老闆怎麼說？』
「他說我說得對。」
『眞的嗎？』我很疑惑：『所以呢？』
「所以我們今天晚上要留下來開會。八點開始。」
『什麼？』
「我跟老闆說，因爲我們下午遲到，所以如果晚上不留下來開會的話，
　我們的良心會不安。」
『喂！』
這個混蛋，我晚上要回家跟葉梅桂吃飯啊。

我坐在辦公桌前，試著靜下心來工作。
但這實在很困難，因爲學姐、葉梅桂和夜玫瑰一直來找我。
我腦海中的場景，也不斷住客廳與廣場之間變換。
「夜玫瑰」的記憶拼圖已完全拼起，我可以看清楚這張圖的全貌，
但是，正如最後一次見到學姐時，學姐問我的那句話：
「你覺得夜玫瑰是什麼？」

除了是一首歌、一支舞，或是一個人（無論是學姐或是葉梅桂）以外，
夜玫瑰還可以代表什麼呢？

我就這樣呆坐在辦公桌前胡思亂想，也不知道經過了多久。

「喂。」我好像聽到葉梅桂的聲音。

完蛋了，我一定錯亂了，我的耳朵竟然可以在公司內聽到她的聲音？

難道不僅是「心中有夜玫瑰，眼中自然就會有夜玫瑰」，

而且還有「心中有葉梅桂，耳中自然就會有葉梅桂」？

「喂！」

我不禁回頭一看，葉梅桂竟然站在我身後。

『咦？』我站起身說：『妳怎麼會從我心裡面跑出來？』

「你在胡說什麼。」葉梅桂的臉上微微一紅。

我拉拉她的衣袖、拍拍她的肩膀、摸摸她的頭髮，然後說：

『妳是真的存在啊。』

「廢話。」

『喔。』我回過神：『妳怎麼知道我在這？』

「我問你們公司樓下的管理員，他告訴我，你們的辦公室在七樓。」

『妳下課了嗎？』

「嗯。」

『今天累不累？』

「不會累呀。」葉梅桂笑了笑。

『那……』我想了想，再說：『妳來這裡是？』

「不可以來嗎？」

『當然可以啊。』

「那輪到我問你，你今天累不累？」

『我也不累。』

「他發呆了一整個下午，當然不會累。」疏洪道在旁邊突然開口。

我瞪了疏洪道一眼，然後趕緊找了張椅子，讓她坐在我旁邊。

幸好我的辦公桌還算大，坐兩個人不成問題。

「對了，你今晚想吃什麼？」葉梅桂問。

『今晚恐怕不能回家吃飯了。』

「為什麼？」

『八點要開會，臨時決定的。』

「不是臨時決定的，是小柯自告奮勇、自動請纓的。」疏洪道又說。

『自你的頭！』我轉頭朝著疏洪道：『你還敢說。』

「那就等你開完會，我們再吃飯。」葉梅桂笑了笑。

『可是開完會就很晚了。』

「多晚都沒關係，我等你。」

『那妳肚子餓了怎麼辦？』

「晚幾個鐘頭吃飯，對我沒什麼差別。」葉梅桂又問我：

「倒是你，你不先吃飯再開會嗎？」

『我如果吃飽飯再開會，很容易打瞌睡的。』我笑了笑。

「我反而是肚子餓時開會，才會打瞌睡。」疏洪道又答腔。

『沒人在問你！』我又轉頭跟疏洪道說。

「那我先走了，晚上見。」葉梅桂站起身。

『我送妳。』我也站起身。

「不用了。」她笑了笑：「你把桌子清一清吧，有點亂。」

「老闆也常罵他桌子很亂喔。」疏洪道又說。

我還沒來得及開口說話時，葉梅桂問疏洪道：「真的嗎？」

「是啊。」疏洪道站起身：「老闆說他桌子太亂，做事一定不認真。」

「桌子亂跟做事認真怎麼可以混為一談。」葉梅桂說。

「而且老闆還說，他穿的衣服不夠素淨，一定不是優秀的工程師。」
「太過份了。」葉梅桂似乎很生氣。

「你們老闆在哪？」她轉頭問我：「我去找他。」
『妳找他做什麼？』我很緊張。
「我要跟他說，如果他認為把桌子弄乾淨的人做事就比較認真的話，
　那叫他找我來上班好了。真是笑話，照這麼說，每個月發薪水時，
　只要看看每個人的辦公桌就好，愈乾淨的，薪水愈高。」
葉梅桂氣呼呼地說：
「穿著不夠素淨就不是優秀的工程師，這更可笑。一位優秀的工程師
　應該表現在頭腦、眼睛、胸口和肚子，怎麼會表現在穿著呢？」
『頭腦、眼睛、胸口和肚子，是什麼意思？』我很好奇。
「頭腦夠冷靜、視野夠開闊、胸襟夠寬廣、肚子內的學問夠豐富。」
「說得好！」疏洪道起身拍拍手。
「不客氣。」葉梅桂反而笑了起來。

『沒關係的，我把桌子收一收就好。妳先回去吧。』我說。
「哼。」葉梅桂哼了一聲，隨即又說：
「這是哼你老闆，不是哼你的。你別誤會。」
『我知道。妳哼我時，不是這樣。』
「哪裡不一樣？」
『妳哼我時的眼神，溫柔多了。』
「胡說。」
『好吧，別生氣了。』
「我才沒生氣，我只是不喜歡有人這樣說你。」
『喔。謝謝妳。』

「笨蛋，這有什麼好謝的。」
「沒錯，小柯確實很笨。」疏洪道又插嘴。
『喂！』我又轉頭朝疏洪道喊了一聲。

我陪葉梅桂下樓，走到她停放機車的地方。
「我先走了，晚上等你吃飯。」她跨上車，手裡拿著安全帽。
『嗯。騎車小心點。』
她點點頭，戴上安全帽，發動引擎，騎車離去。
天已經黑了，街燈開始閃亮，我一直望著她騎車遠去的背影。
朦朧間，我彷彿看到學姐騎腳踏車離去的背影。
我突然拔腿往前狂奔。
『玫瑰……』我大聲喊叫：『玫瑰……』

葉梅桂正在一個十字路口等待綠燈，似乎聽見我的喊叫。
右轉頭後，看到我正朝她跑去，她趕緊將車騎到路邊。
她脫下安全帽，問我：
「怎麼了？發生了什麼事？」她的聲音有些著急。
『沒……』我猛喘氣：『沒什麼事。』
「你有病呀！」她瞪我一眼：「沒事幹嘛急著叫住我。」
『我以為……』我有點吞吞吐吐：『我以為妳會突然不見。』
「喂，你認為我會發生車禍嗎？」
『我不是這個意思。』我急忙搖了搖手。
「笨蛋。」她笑了笑：「待會就可以見面了。」

她又戴上安全帽，再跟我說：
「先說好哦，你再追過來，我就報警。」

『喔。』

「你回公司吧，你八點還要開會呢。」

『喔。』

「喔什麼喔。」她又瞪我一眼：「你要說：我知道了。」

『我知道了。』

「你老是這樣迷迷糊糊的。」她又笑了笑：

「看來我生日時許的願望，是不太靈光的。」

『不會的，我不會再迷糊的。』

「這話你說過好幾遍囉。」她笑著說：「我走了，晚上等你吃飯。」

然後她揮揮手，又騎走了。

我慢慢走回公司，沿路上很納悶自己的衝動。

而且剛剛還差一點便要脫口而出：『我喜歡夜玫瑰。』

回到辦公桌上，先整理一下桌子，免得又要挨罵。

「小柯。」疏洪道說：「跟你買一句話。」

說完後，他掏出一百塊錢給我。

『買一句話？』我拿著那張百元鈔票，很疑惑。

「你剛剛一看到那個女孩，就說：妳怎麼會從我心裡面跑出來？」

他嘖嘖讚嘆幾聲：「這句話好酷。明天我也要跟原杉子這樣說。」

『我不賣。』我看了看他：『除非是兩百塊。』

「你很會做生意。」他又再給我一百塊。

「剛剛那個女孩，就是你室友吧？」疏洪道又問。

『是啊。』我說。

「長得滿漂亮的。」

『不是"滿漂亮"，是"很漂亮"。』

「是嗎?」他又說:「不過原杉子比較漂亮。」

『葉梅桂比較漂亮。』我站起身說。

疏洪道聽到後,也站起身。

「原杉子比較漂亮。」

『葉梅桂比較漂亮。』

「原杉子煮咖啡很好喝。」

『葉梅桂煮的飯很好吃。』

「原杉子會說日文。」

『葉梅桂會講台語。』

「原杉子比較溫柔。」

『葉梅桂很有個性。』

「個性不能用來煮咖啡。」

『溫柔也不能用來煮飯。』

「原杉子比較漂亮!」

『葉梅桂比較漂亮!』

我和疏洪道都站著,爭得面紅耳赤。

嗯,花店老闆說得沒錯,我和他都是執著的人。

「喂!你們兩個在幹嘛?」老闆大聲說:「開會了!」

我和疏洪道只好趕緊找出開會的資料,準備進會議室。

「原杉子比較漂亮。」要進會議室前,他轉頭跟我說。

『葉梅桂比較漂亮。』我回嘴。

「找一天來比比看。敢嗎?」他又說。

『好啊。輸的人不可以哭。』我也說。

開會時，由於需要用頭腦仔細思考，因此很快便冷靜下來。

回想剛剛跟疏洪道的爭執，不禁啞然失笑。

這到底有什麼好爭的呢？

我只是覺得葉梅桂在我眼中是非常漂亮的，

因此別人絕對不可以說她不夠漂亮。

就像葉梅桂不喜歡聽到老闆說我工作不認真、不是優秀的工程師。

我和葉梅桂的心態，是一樣的吧？

開完了會，已經過了十點。

我走出會議室，正準備回家時，手機剛好響起。

「愛爾蘭想約你去愛爾蘭喝愛爾蘭咖啡。」是攔河堰的聲音。

『你在繞口令嗎？』

「就是上次介紹給你認識的愛爾蘭，她想約你喝愛爾蘭咖啡。」

『喂，不要提她喔。』我聲音稍微提高：『我還沒跟你算帳呢。』

「你不喜歡她嗎？」

『坦白說，沒什麼興趣。』

「那你喜歡什麼花？」攔河堰又問。

『問這幹嘛？』

「我這裡還有百合、茉莉、芙蓉、水仙、菊花、紫丁香……」

『你要開花店嗎？』

「不是啦。我已經又找出一堆名字有花的女孩子。」

『喂。我只喜歡玫瑰。』

「玫瑰？」攔河堰沉吟了一會：「我再幫你找找。」

『不用了。我已經找到夜玫瑰了。』

「夜玫瑰？那是什麼？」
『夜玫瑰就是葉梅桂，葉梅桂就是夜玫瑰。』
「你也在繞口令嗎？」

『當然不是。』我不禁大聲說：
『我喜歡夜玫瑰，也就是說，我喜歡葉梅桂。』
「喔？你已經有喜歡的女孩子了嗎？」
『是的。我喜歡夜玫瑰。』
「再說一遍，我聽不太清楚。」
『我喜歡夜玫瑰。』

我反而聽清楚了。
『我喜歡夜玫瑰。』
這聲音？這語氣？
這是我最後一次看到學姐時，那句「我喜歡夜玫瑰」的聲音和語氣啊。

原來我跟葉梅桂一樣，聲音都是有表情的啊。

學姐，如果妳現在問我：「你覺得夜玫瑰是什麼？」
我已經知道正確的答案了。
夜玫瑰不只可以代表一支舞、一首歌或一個人，
夜玫瑰真正代表的是，喜歡一個人的感覺。

認識葉梅桂愈深，學姐的一切就愈清晰。
這不是因為葉梅桂很像學姐的關係，事實上她們根本一點都不像；
也不是因為她們都可以叫做夜玫瑰。

而是因為，葉梅桂終於讓我想起，喜歡一個人的感覺。

寂寞確實跟孤單不一樣，孤單只表示身邊沒有別人。
但寂寞是一種，你無法將感覺跟別人溝通或分享的心理狀態。
而真正的寂寞應該是，連自己都忘了，喜歡一個人的感覺。
我終於想起這種喜歡一個人的感覺了。

是的，我喜歡葉梅桂。

那絕對不是因為葉梅桂的諧音是叫夜玫瑰的關係。
如果葉梅桂改叫夜百合還是夜茉莉，我依然喜歡葉梅桂。
高萍熙與藍和彥、原杉子與蘇宏道，也許是註定要在一起，
才會形成高屏溪攔河堰以及員山子疏洪道。
但即使台灣並沒有夜玫瑰滯洪池，葉梅桂和柯志宏也一定要在一起。
我才不管註不註定這種事。

『我喜歡葉梅桂。』
沒錯，就是這種聲音和語氣。
我要趁著我能夠很清楚地表達時，告訴葉梅桂。

我抓起公事包，衝下樓。
一出大門口，便攔了一部計程車。
『我要回家！』我還沒坐穩，便喊了一聲。
「回家，馬上回家，我需要你。回家，回家，馬上來我的身邊……」
司機竟然唱了起來，這是順子的歌，《回家》。

『喂！別開玩笑了。』我大聲說。

「先生。」司機轉頭過來說：「你才在開玩笑吧。」

『我沒有開玩笑。』

「你又沒告訴我，你家在哪裡？我怎麼載你回家？」

『喔，不好意思。』

我趕緊告訴他詳細位置。

我下了車，衝到樓下，慌亂之間，鑰匙還掉在地上。

我撿起鑰匙，打開大門，衝到電梯門口。

按了幾次「△」，沒半點反應，燈根本不亮，電梯好像真的故障了。

先做一次深呼吸，然後一鼓作氣，衝上七樓。

進了七C後，鞋子還沒脫，便朝客廳喊：『玫瑰！』

喊了兩聲後，看看手錶，現在應該是葉梅桂帶小皮出去散步的時間。

轉身要出門時，突然想起我不能再迷糊，於是先撥她的手機。

我聽到茶几上的手機鈴聲，葉梅桂沒帶手機出門。

我立刻轉身出門，衝下樓。

現在下樓對我而言，比較困擾。

因為我已經記起以前在廣場上的任何舞步，

所以我很怕我會用一些奇怪的舞步，跑下樓梯。

果然在三、四樓間的樓梯，我就差點跳出葉門步。

走出樓下大門，在大樓方圓50公尺內，先繞了一圈。

沒看到葉梅桂和小皮。

沒錯，你應該還記得我曾說過：

我受過專業的邏輯訓練，所以會先冷靜，然後開始思考。
但這次我不必冷靜，也不用再思考。
因為我知道，葉梅桂一定在捷運站等我。

我再做一次深呼吸，然後又一口氣跑到捷運站。
葉梅桂果然牽著小皮，臉朝著捷運站出口，坐在一輛停放的機車上。
『玫……』我還在喘著氣：『玫瑰。』
她轉過頭，看到我後先是一楞，隨即笑著說：
「今天又坐計程車回來嗎？」
『嗯。』我點點頭。

葉梅桂站起身向我走來，把拴住小皮的繩子放在我手上。
「回家吧。」她說。
『回家，馬上回家，我需要你。回家，回家，馬上來我的身邊……』
「幹嘛突然唱歌？」
『喔。這是剛剛計程車司機唱給我聽的。』
「你唱歌不好聽，所以在公共場合，不要隨便唱。」
『是嗎？』
「先擦擦汗吧。」她看了我一眼：「你又滿頭大汗了。」
她拿出面紙，在我額頭上擦拭一番。

『先別擦，我有話要告訴妳。』我很著急。
「擦完再說。」
『不行啊，我怕我會忘記。』
「忘記什麼？」
『忘記我要跟妳說的話啊。』

「如果是這麼容易就忘記的『話』，那一定不是重要的『話』。」

『可是……』

「我擦完了。」她看著我：「有什麼話，說吧。」

『我忘記了。』

「喂！」

葉梅桂瞪了我一眼後，就往前走。

我牽著小皮，跟在她後面，輕聲跟自己說：『我喜歡夜玫瑰。』

可能是我太緊張的關係，老覺得語氣不太對、聲音也有點發抖。

「你在後面嘀咕什麼？」

『我是說，我喜歡……』

「喜歡什麼？」

『妳不要打斷我！』

「你不要大聲說話！」

我和葉梅桂都停下腳步。

可能是我們的聲音和樣子有些奇怪，路過的人紛紛投以好奇的目光。

葉梅桂哼了一聲後，又往前繼續走。

我也又開始往前走，心裡又著急、又緊張。

可是我始終掌握不住最佳的聲音和語氣。

眼看我們已經到了樓下大門，並且開了門，走進去。

來到電梯門口，吳馳仁的那張字條還在。

『電梯這次真的故障了。』我說。

「我知道。」葉梅桂說：「我下課回家時，是爬樓梯上樓的。」

『妳應該在家裡等我的。這樣妳現在就不必再爬一次樓梯了。』

「那麼晚了，你還沒回來。我在家裡怎麼坐得住？」

『妳不是知道我在開會？』

「知道是知道，可是不知道會那麼晚。」

『喔，對不起。』

「笨蛋。」她瞪了我一眼：「這有什麼好對不起的。」

『玫瑰，剛剛我的聲音有點大，對不起。』

「你的嗓門本來就比較大，這又沒關係。」

『我只是急著想告訴你一句話而已。』

「你今天什麼都急。」葉梅桂笑了起來：

「下午跑到幼稚園急著找我，我騎車回來時你也急著追，剛剛又急著要
　跟我說話。你到底在急什麼？」

『我……』

葉梅桂靜靜地等我回話，看我始終說不出個所以然，於是溫柔地說：

「就像我看你今天急著追騎車的我，我想你大概希望早一點看到我，
　所以我就先到捷運站等你了。」

『嗯。我確實是很想早一點看到妳。』

「以後別心急，我一直都會在的。」

『不會突然不見吧？』

「笨蛋。我又沒欠你錢，幹嘛突然跑掉？」

『喔。』

「你想跟我說的話，等你不急時再說，我隨時都會聽的。」

說完後，她笑了一笑。

是的，我根本不必心急。

因為葉梅桂這朵夜玫瑰，隨時準備為我綻放。

我不禁又回想起開會前，追在葉梅桂身後的情形。
很奇怪，學姐騎腳踏車離去，和葉梅桂騎機車離去的影像，
我現在已經可以很清楚地分別了。
同樣是夜玫瑰，但葉梅桂的夜玫瑰和學姐的夜玫瑰並不相同。
因為葉梅桂這朵夜玫瑰的根，已經深植在我心中了。

『我已經不急了。』
「那很好呀。」
『玫瑰，其實我那時想跟妳說一句話。現在的我，也想說同一句。』
「哪時？」
『就妳在騎車、我在後面追的時候。』
「什麼話？」
『我喜歡夜玫瑰。』

話一出口，我就知道對了。
就是這種聲音和語氣。
我根本不必刻意提及，因為葉梅桂無論何時何地，都是一朵夜玫瑰。
只要葉梅桂是我喜歡的人，我就可以輕易說出：
我喜歡夜玫瑰。

「可以再說一遍嗎？」葉梅桂抬起頭，看著我。
『我喜歡夜玫瑰。』
「再一遍。好嗎？」夜玫瑰低下頭，輕聲說。
『我喜歡葉梅桂。』

不管是夜玫瑰還是葉梅桂，我的聲音和語氣是一樣的。
因爲葉梅桂就是夜玫瑰，夜玫瑰就是葉梅桂。

雖然葉梅桂跟學姐騎腳踏車離去前的問話，是一樣的；
然而我已經不會再將學姐的樣子，套在葉梅桂身上了。
學姐是夜玫瑰、葉梅桂也是夜玫瑰，兩朵夜玫瑰都應該綻放。
但就讓學姐在我記憶中的廣場黑夜，嬌媚地綻放；
而讓葉梅桂在我往後生命中的每一天裡，嬌媚地綻放，
無論是白天還是黑夜。

學姐，將來如果有一天，我們再見面時，我會依照約定告訴妳：
『我喜歡夜玫瑰。』
而且，我還會加上一句：
『學姐，我已經知道什麼是夜玫瑰了。因爲我終於找到一朵，
　只爲我綻放的夜玫瑰。』

我一定會記得，要面帶微笑。

_ The End _

「肚子很餓吧？」到了七Ｃ門口，葉梅桂問我。

『是啊。』

「那我跟你說一件悲慘的事。」

『什麼事？』

「我還沒煮飯。」

『什麼？』我很驚訝。

「需要這麼大聲嗎？」她瞪了我一眼。

『那……我們再到那家蒙古餐廳吃飯吧。』

「爲什麼？」

『除了還有一張優待券外，而且……而且……』

「而且什麼？」葉梅桂又瞪了我一眼：「你老是不把話一次說完。」

『而且長生天會保佑我們永遠平安，與幸福。』

「長生天保佑我們平安就行了，幸福就不必保佑了。」

『爲什麼？』

「因爲幸福是靠我們兩個人一起去開創的。」

葉梅桂牽著我的手、我牽著夜玫瑰的手，
一起走下樓。

寫在《夜玫瑰》之後

《夜玫瑰》在 2002 年 11 月初版，距今剛好滿五年。
為了再版我又重讀一次，在 12 萬字中大約只刪去 400 字。
原以為會刪去更多，但在閱讀的過程我發覺它相當完整且贅述很少。

雖然很多人從夜玫瑰這名字推論出這可能是部酒店小姐的回憶錄，
或是肚皮舞孃的血淚史。
但很遺憾，它只是一部平凡的小說。
或許有人有異議，認為它包含了土風舞、水利工程、靈異事件、
一隻神奇的狗，所以應該不算是平凡的小說，而是奇怪的小說。

《夜玫瑰》全文共分 14 章，有一個最大的特點：
每章前面的文字連起來約 1 萬 1 千字，也是獨立而完整的故事。
那是一個關於「學姐」的故事。
主要的部分將近 11 萬字，主角是「葉梅桂」。
這兩個故事整合得不錯。（我可以說實話嗎？）

於是《夜玫瑰》明顯分為兩個主要場景：
跳土風舞的廣場、七Ｃ的客廳。

一個是回憶的過去，一個是正在進行的未來。
請試著想像舞台的一端燈亮了，一群年輕男女跳著土風舞，
說了一些話，然後燈暗；
另一端燈亮了，一男一女坐在客廳中的沙發交談。
藉由燈光交替，故事往下進行。

《夜玫瑰》的源頭，其實只是那個關於學姐的故事而已。
在大一時，我們班曾參加土風舞比賽，這是成大新生的傳統。
比賽完後一星期，土風舞社爲所有參賽者舉辦一個晚會。
我跟班上同學在晚會裡玩得不亦樂乎，直到聽見：「請邀請舞件」。

那年我才18歲，天眞而害羞。
（沒錯，我也曾天眞害羞，就像殺人犯也曾蹲在地上玩泥巴一樣）
我連跟陌生女孩開口問路都會不好意思，何況是邀她跳舞呢？
所以我有些驚慌失措，想逃離現場。
有個學姐發現了我，面帶微笑直接向我走來，牽住我的手融入圓圈。
那時響起的音樂、要跳的舞，便是夜玫瑰。

我根本不認識那位學姐，她也沒自我介紹。
她只是臉上掛著溫暖的笑容，一步步引導我跳夜玫瑰這支舞。
舞跳完後，她說：「學弟，以後別害羞，要大方一點。」
然後笑了笑，便走了。
或許這是一件微不足道的小事，但我日後常想起這段往事。
並同時憶起當時愉悅的氣氛。

以前常有個想法，希望能再次遇見那位學姐，然後跟她說聲謝謝。

日子久了，學姐的面貌和聲音已經模糊，即使在路上擦肩也不認得。
漸漸的，我將這種感激之情轉移到夜玫瑰身上。
也許將來某天，我成了公司的高級主管，帶著客戶到酒店應酬時，
說：「把你們店內花名叫夜玫瑰的小姐叫來坐檯。」
然後我給她很多小費，算是聊表謝意。

沒想到最終我完成了《夜玫瑰》這部小說，我很有成就感。
也才算是了卻心願。
每個人經常被偶然交會的人或是偶然發生的小事改變人生。
我很感激那位學姐，她讓一個害羞的小男生，開始學習大方與自在。
雖然現在有點學習過了頭。

《夜玫瑰》這題材其實相當難寫，尤其它又剛好在《槲寄生》之後。
很多人認為《槲寄生》是我作品的高峰，
它的波峰甚至比《第一次的親密接觸》高。
於是在濃烈的《槲寄生》之後，《夜玫瑰》顯得特別平淡。
我以為這就是生活的味道。

人生在濃烈之後，往往能體會平淡才是真味。
就像吃了一頓烤豬排後，你不會期待接下來的是海鮮火鍋。
最好是來杯熱茶、熱咖啡，或是甜點也行。

《夜玫瑰》原本就是「寂寞」的小說，所以場景與氛圍不能絢爛。
如果你問我：以「寂寞」為題，是否暗示作者很寂寞？
關於這點，李白做了解釋。
李白的《將進酒》中有句：古來聖賢皆寂寞，說的就是像我這種人。

啊？我說溜嘴了。
請你裝作沒看到，也當我沒說。

不知道你是否注意到，《夜玫瑰》一開始不到兩百字的敘述中，
出現了一、兩、三、四、五、六、七、八、九、拾。
這是我故意的，很無聊吧？
我果然是個幼稚而任性的作者。

還有一個更任性的地方，就是我把水利工程的專業知識寫入小說。
很多人說他們看了頭很痛，有的人甚至裝死，然後跳過。
這表示作者的能力不夠，不能將枯燥的專業知識與小說完美結合。
但文中所舉的李白《將進酒》詩句、李冰的都江堰、美國密西西比河的
截彎取直等例子，這幾年不斷有讀者告訴我，他們從中得到領悟與能量。
雖然小說中的主角是寂寞的，但作者卻因為這些鼓勵而不寂寞。

我念了13年的水利工程，畢業後也一直從事水利工程的相關研究。
在台灣有很多默默奉獻的水利工程師，他們像清澈的水，滋潤這塊土地。
我將主角柯志宏的背景定為水利工程師，並藉由他口中說出：
「水利工程存在的意義，不在於被重視，而在於被需要。」
希望能與所有水利工程師共勉。

很多人以為文中的兩條線——學姐與葉梅桂，最後應該要交會。
最好是柯志宏牽著葉梅桂的手逛街時，碰見學姐背著孩子在賣玉蘭花。
突然間天色變了，烏雲迅速團聚，天空響起幾聲悶雷。
柯志宏不自覺鬆開牽住葉梅桂的手，楞在當地久久不能動彈。
但葉梅桂卻與學姐扭打在一起，而孩子則在地上放聲大哭。

坦白說，學姐與葉梅桂如何相遇的念頭也曾存在於我腦海中。
但如果這樣處理，那就是小說，而不是生活、也不是人生。
大部分人的一生，都會有所缺憾；
也正因缺憾，讓我們更成熟或是更珍惜一切。

「就讓學姐在我記憶中的廣場黑夜，嬌媚地綻放；而讓葉梅桂在我往後
生命中的每一天裡，嬌媚地綻放，無論是白天還是黑夜。」
有個朋友說他看到時很感動，然後說學姐和葉梅桂不同時出現才是對的。
因為這就是人生，這就是生活。
最後他嘆口氣說我變成熟了。
我說他瘋了。

後來仔細想想，也許我真的變成熟了。
但即使我人變成熟，仍然是個幼稚而任性的作者。

《夜玫瑰》文中出現這樣的對白：
「念水利工程當然做水利工程師，難道去當作家嗎？」
這是對自己的警惕，當然也算是一種任性的自嘲。

當一個幼稚而任性的作者，好像也不錯。

蔡智恆
2007 年 11 月　於台南

新版後記

《夜玫瑰》在 2002 年 11 月第一次出版，2007 年 12 月再版。
今年算是第三版，但故事內容是一樣的。

《夜玫瑰》的敘事方式分為兩個部分：
每章前面的文字組合而成關於「學姐」的故事，
以及主文關於「葉梅桂」的故事。
原本應該是兩個獨立的故事，但我將她們整合成《夜玫瑰》，
讓一個代表回憶的過去，另一個是正在進行的未來。
藉由不斷交替，故事往下進行。

《夜玫瑰》裡運用大量的對白，是我寫過的小說中對白分量最重的。
每當要重新出版前，我總是試著想刪掉一些對白。
然而在每次閱讀的過程中，我發覺贅述很少，因此幾乎沒什麼更動。
或許你有不同的看法，但我仍然覺得這些對白很流暢，
帶出的故事氛圍也很好。

寫《夜玫瑰》那時期，我有豐沛的創作能量，創作欲望也很強。

所以只花了 80 個夜晚便完成這部 12 萬字的小說。
事實上從 1998 年寫《第一次的親密接觸》開始，
我一直處於創作力旺盛的狀態。
雖然作品並不算多，但在腦中排隊等著完成的作品卻有不少。

但那時覺得自己是水利工程專業，應該要貢獻所學於社會，
即使處於創作力的高峰，也努力試著成為一位安分的水利工程師。
因此我把水利工程的專業知識寫入《夜玫瑰》，
嘗試將枯燥的專業知識與小說完美結合。

我寫作時的心態，是以水利工程師的身份在寫小說，
而不是以小說作者為求創新的立場，在小說內容加入水利工程知識。
我是很會寫小說的水利工程師，而不是很懂水利工程的小說家。
也因此，《夜玫瑰》文中出現這樣的對白：
『念水利工程當然做水利工程師，難道去當作家嗎？』

我並非不喜歡創作，或不想當作家，或認為水利工比較了不起，
我只是對創作沒有太大的自信，也覺得自己無法勝任創作者這角色。
雖然那時我渾身充滿創作能量，但我總認為有天創作力將離我遠去。
因此我選擇做我的專業，畢竟那是我有自信且永遠不會失去的東西。

於是水利工程成為我的工作，而創作便成為我的愛人。
這種工作性質可能一輩子不會變；
而愛人，我會好好珍惜，雖然希望也能相處一輩子，
但如果有天她離去，我會緬懷曾經相聚的時光。

寫第一部作品的那年代，距今約 20 年，算是一段漫長的歲月。

這 20 年來，我做過研究員，也當過大學老師。

負責執行過數千萬的研究計畫，也在大學裡擔任過系主任和教務長。

而我最喜歡、最想要的，只是當個單純的老師，教教學生。

專業知識並不難教，但如何拓展學生的視野、開闊學生的胸襟，

一直是我努力學習的職責。

這世界很大，也很美，而所有的專業，越專業卻會越小。

專業可以是你知識的基礎、工作的根本，但不該是你知識的全部。

專業知識在你腦袋，而更多的知識應該在你胸懷。

我總是這樣教導學生，也總是這樣期許自己。

20 年過去了，曾經以為可能一輩子不會變的工作性質已經失去，

我不再是研究員，也不再是大學老師。

而總覺得會默默離開的愛人，卻始終堅守在旁。

既然如此，那我就牽著愛人的手，繼續往前走，走到不能走為止。

蔡智恆

2017 年 10 月　於台南

國家圖書館出版品預行編目資料

夜玫瑰 / 蔡智恆著. -- 三版. -- 臺北市：麥田出
版：家庭傳媒城邦分公司發行, 2017.12
　面；　公分. -- (痞子蔡作品集；5)
　ISBN 978-986-344-513-5(平裝)

857.7　　　　　　　　　　　　　　106020569

痞子蔡作品集005

夜玫瑰(新版)

作　　　者／蔡智恆
責 任 編 輯／林秀梅

版　　　權／吳玲緯　蔡傳宜
行　　　銷／艾青荷　蘇莞婷　黃家瑜
業　　　務／李再星　陳美燕　杻幸君
副 總 編 輯／林秀梅
編 輯 總 監／劉麗真
總 經 理／陳逸瑛
發 行 人／涂玉雲
出　　　版／麥田出版
　　　　　104台北市民生東路二段141號5樓
　　　　　電話：(886)2-2500-7696　傳真：(886)2-2500-1967
發　　　行／英屬蓋曼群島商家庭傳媒股份有限公司城邦分公司
　　　　　104台北市民生東路二段141號11樓
　　　　　書虫客服服務專線：(886)2-2500-7718、2500-7719
　　　　　24小時傳真服務：(886)2-2500-1990、2500-1991
　　　　　服務時間：週一至週五09:30-12:00・13:30-17:00
　　　　　郵撥帳號：19863813　戶名：書虫股份有限公司
　　　　　讀者服務信箱E-mail：service@readingclub.com.tw
　　　　　麥田部落格：http://blog.pixnet.net/ryefield
　　　　　麥田出版Facebook：https://www.facebook.com/RyeField.Cite/
香港發行所／城邦（香港）出版集團有限公司
　　　　　香港灣仔駱克道193號東超商業中心1樓
　　　　　電話：(852) 2508-6231　　傳真：(852) 2578-9337
　　　　　E-mail：hkcite@biznetvigator.com
馬新發行所／城邦（馬新）出版集團【Cite(M) Sdn. Bhd.（458372U）】
　　　　　41, Jalan Radin Anum, Bandar Baru Sri Petaling,
　　　　　57000 Kuala Lumpur, Malaysia.
　　　　　電話：(603)9057-8822　　傳真：(603)9057-6622
　　　　　E-mail：cite@cite.com.my
設　　　計／陳采瑩
排　　　版／立全電腦印前排版有限公司
印　　　刷／沐春行銷創意有限公司

2002年11月1日　初版一刷
2010年10月13日　二版一刷
2017年12月1日　三版一刷
定價／280元
著作權所有・翻印必究
ISBN 978-986-344-513-5